PAM GONÇALVES

Boa Noite

CB010034

1ª edição

Galera

RIO DE JANEIRO

2016

CIP-BRASIL. CATALOGAÇÃO NA PUBLICAÇÃO
SINDICATO NACIONAL DOS EDITORES DE LIVROS, RJ

G628b
Gonçalves, Pam
Boa noite / Pam Gonçalves. - 1ª. ed. - Rio de Janeiro: Galera Record, 2016.

ISBN 978-85-01-10669-8

1. Ficção brasileira. I. Título.

16-34955
CDD: 028.5
CDU: 087.5

Copyright © 2016 por Pam Gonçalves

Todos os direitos reservados.
Proibida a reprodução, no todo ou
em parte, através de quaisquer meios.

Texto revisado segundo o novo Acordo Ortográfico da Língua Portuguesa.

Direitos exclusivos desta edição reservados pela
EDITORA RECORD LTDA.
Rua Argentina, 171 - Rio de Janeiro, RJ - 20921-380 - Tel.: (21) 2585-2000.

Impresso no Brasil

ISBN 978-85-01-10669-8

Seja um leitor preferencial Record.
Cadastre-se e receba informações sobre nossos lançamentos
e nossas promoções.

Atendimento e venda direta ao leitor
mdireto@record.com.br ou (21) 2585-2002.

Este livro é para todas as meninas, garotas e mulheres. Não deixem que digam que não são capazes, vocês podem ser o que e quem quiserem.

CAPÍTULO 1

Acho que a maioria das pessoas que chega na universidade espera que a vida tome um rumo totalmente diferente... Obviamente *eu* também. Tudo que eu quero é começar de novo. É nisso que penso enquanto encaro o prédio de tijolinhos à frente. Só quero deixar tudo para trás e enfim ser alguém legal.

O primeiro passo é conhecer o lugar em que eu vou morar nos próximos meses: a República das Loucuras (nome no anúncio). Escolher não foi tão difícil. Quase destino. Encontrei um aviso no mural da secretaria no dia em que fui fazer a matrícula. O anúncio estava escrito em um papel amarelo e em letras pretas:

TEMOS UMA VAGA.

NÃO SOMOS LOUCOS,

ISSO É APENAS O QUE DIZEM SOBRE NÓS.

NÃO ACREDITEM NOS BOATOS.

PS.: LOUCOS MENTEM.

PODEMOS ESTAR MENTINDO SOBRE ISSO...

Lembro de sorrir para o texto inusitado. Pensei que tinha encontrado um jeito de experimentar uma vida diferente. Por que não começar pelos loucos? Tirei uma foto e naquele mesmo dia resolvi ligar. Quem atendeu foi uma moça que se identificou como Louca-mor.

— Ou apenas Manuela. — Uma voz estridente me atingiu, e afastei o celular dos ouvidos. — Manu para os íntimos. — A mesma voz acrescentou baixinho.

— Hum, estou ligando sobre a vaga na república — expliquei, um pouco tímida, impedindo que a Louca-mor se estendesse com outras opções de nomes.

Ela então suspirou, cansada, como quem diz "lá vamos nós de novo", e me perguntou em um tom nada amigável:

— Por que nós devemos aceitá-la?

Eu não entendi; afinal, eles tinham colocado o anúncio, e ele era bem claro. Então acabei respondendo o óbvio:

— Talvez seja porque vocês têm um anúncio no mural da faculdade?

— Ah, é isso que se faz quando se tem uma vaga disponível, sabe? — disparou ela ironicamente contra o meu sarcasmo. — Não é porque temos uma vaga que vamos aceitar qualquer um. Somos bastante seletivos.

Eu fiquei chocada com aquela conversa. Pensei em desligar, mas a garota me interrompeu antes:

— Você vai cursar o quê? — perguntou, como se fôssemos amigas e estivéssemos no meio de uma conversa animada.

Será que ela fazia teatro? Impossível uma pessoa mudar tanto de personalidade em minutos. Avaliei por um segundo a relevância daquela pergunta, ignorando a estranheza daquilo tudo. Resolvi ser sincera.

— Engenharia da Computação.

— Uau. É inteligente então?

É o que todos dizem.

Aquilo me desanimou um pouco porque era exatamente como eu *não* queria mais ser rotulada. A "nerd esquisitona". Escutei isso durante todo o ensino médio. Nem de me gabar eu gostava, porque tirar boas notas nunca havia me beneficiado em nada além de evitar a recuperação, mas isso acontecia com quem era mediano também. E, bom, ser a CDF da sala nunca foi muito animador no quesito social.

— Um pouco — respondi sem dar mais detalhes.

Tudo bem que a escolha de curso talvez não tenha sido um fator a favor para uma mudança de imagem. Mas digamos que eu não sabia muito bem o que escolher além do que achava mais interessante.

— Acho que precisamos de uma nerd na república. Temos gente esquisita demais por aqui, mas ninguém para preencher a cota de *certinhos* da turma. O que você acha, Talita? — Quase a corrigi dizendo que meu nome na verdade era Alina, mas logo percebi que ela estava falando com alguém do outro lado da linha. — Uma menina que mexe com computadores. — Revirei os olhos ao escutar aquela definição manjada do meu curso. — Pois é, achei legal também. E pode ser útil.

Eu fiquei sem saber o que fazer enquanto as duas conversavam sobre mim e sobre a minha utilidade, mas decidi esperar.

— Então tá certo, você está contratada! — A garota me falou como se estivesse me fazendo o maior favor do mundo.

— Contratada?

— Ah, qual é! Usar termos sérios deixa a conversa mais empolgante. Eu pareço adulta falando sobre NEGÓCIOS! — Ela fez questão de destacar a palavra. Aquela conversa ficava cada vez mais confusa, e eu não conseguia acompanhar o raciocínio de Manuela ou entender o objetivo daquilo tudo. Poderia quase apostar que ela era de humanas.

Bom, tudo isso aconteceu há duas semanas, e agora aqui estou eu na entrada do prédio, esperando criar um pouco de coragem para apertar a campainha. Ao meu lado está uma mala enorme que trouxe no ônibus, e nas costas, uma mochila, onde prefiro levar o notebook. Não precisei trazer mais nada porque Manuela havia me garantido que tudo estava incluso no aluguel e precisava apenas de coisas pessoais. Aperto os olhos para ver pela grade e noto que todas as janelas estão fechadas. Será que tem alguém? Não demora muito para que a minha pergunta seja respondida.

— Vai ficar parada aí por muito tempo?

Reconheço a voz. Dou meia-volta e encaro a dona. Não sei por que, mas imaginei que a Manuela fosse muito diferente. Imaginei uma baixinha, mas ela é muito alta e magra, e me lembrava um pouco a Avril Lavigne com uma parte do cabelo platinado tingido de rosa. Ela me encara, decidida, enquanto espera sua resposta. Mas tudo que eu tenho a dizer é:

— Oi, eu sou a Alina.

— É claro que você é a Alina — diz me descartando com um gesto enquanto se aproxima um pouco mais. — Eu conheço quase todo mundo por aqui e você tem mesmo cara de nerd.

Eu sorrio sem graça e imagino se ela é sempre assim.

— Quer ajuda com a mala? — Manuela pergunta enquanto abre o portão com uma das chaves do chaveiro cheio de penduricalhos barulhentos.

— Eu consigo me virar.

— Ótimo, mas quero só ver você subindo a escada com uma mala desse tamanho.

Ela espera eu passar pelo portão para então voltar a trancá-lo.

— Bem-vinda à República das Loucuras! — Manuela cantarola animada, esticando os braços e indicando o prédio.

Será que eu vou ter que chamar de República das Loucuras também? Faço uma careta só de imaginar a vergonha.

Observo, desanimada, a construção que não tem nada que lembre o título. Na verdade, era um prédio bem normal, igual a vários da rua. Se eu não prestasse bastante atenção, poderia me confundir, e a qualquer momento entrar em uma casa errada.

Nota mental para o futuro: tomar bastante cuidado.

A Manuela é a líder. Ela me contou que além dela moravam mais três pessoas na casa. A Talita, com quem ela estava conversando quando eu liguei; o Bernardo, o namorado da Talita, que não é um morador oficial, mas como sempre está por ali, todo mundo se esquece disso; e o Gustavo, filho do dono do prédio da república, mas que não curte muito tomar decisões, e por isso a Manuela assume as responsabilidades.

Ela me contou tudo ainda naquela ligação. Eu só concordava com alguns "aham" e "nossa", para que ela soubesse que eu continuava na linha, mas, na verdade, não estava muito interessada em tanta conversa com alguém que eu mal conhecia. Ela ameaçou contar algumas fofocas sobre a galera, mas se conteve dizendo que teríamos muito tempo para conversar. Além disso, garantiu que não estava fazendo nada de mais ao contar, afinal seríamos uma grande família.

Isso me faz lembrar da minha própria família. Eles ficaram em Laguna, a minha cidade natal. O tipo de cidade que as pessoas só lembram que existe no verão ou no carnaval. Eu teria que sair da cidade para fazer o curso de qualquer jeito, só que preferi uma universidade longe o suficiente para precisar me mudar também.

Fiz questão de vir sozinha. Meu pai até insistiu para me trazer de carro. Disse que seria uma ótima oportunidade para a família passear um pouco antes que as férias terminassem, mas eu sabia a real intenção dele. Estava louco para conhecer a república e ter uma conversa com os meus futuros colegas, garantindo que não seriam má influência. Ainda bem que minha mãe conseguiu convencê-lo a mudar de ideia. Eu nem cheguei a pedir, mas sabe aquele radar que eu suponho que toda mulher deve ganhar de brinde ao sair da maternidade? Acho que o dela é um daqueles de alta precisão.

Estávamos na cozinha de casa quando dei a notícia que já tinha onde morar. Minha mãe estava preparando um chá no fogão, e meu pai, sentado na ponta da mesa, tentando ignorar a existência da xícara com o líquido estranho que ela havia servido. Ele já havia desistido de esperar que o conteúdo virasse uma cerveja.

— Ah, Carlos. — Minha mãe deu um dos seus sorrisos mais doces depois de despejar a água fervente em outra xícara. Ela sabe que sempre funciona. — Dezoito anos. Acho que chegou a hora de ela se virar sozinha, não é? — Ela me observou por alguns instantes e depois voltou a atenção para o meu pai.

Ele concordou com relutância. Não levou muito tempo para que seus grandes olhos castanhos se enchessem de lágrimas e ele tentasse disfarçar bebendo um gole do chá.

— Eu nunca vou gostar disso aqui — resmungou depois de fazer uma cara feia e quase cuspir.

— Bom, Alina, acho que você vai de ônibus e depois pega um táxi até a república, certo? — Ela me perguntou sem que meu pai tivesse chance de sugerir qualquer outra coisa.

Levantei as sobrancelhas, surpresa, e encarei meu pai, que apenas deu de ombros, derrotado pelo sorriso doce.

Não tenho nada contra a minha família. Eu só gostaria de aproveitar a oportunidade de começar tudo de novo. Onde ninguém me conhece de verdade. Onde posso ser quem eu quiser. Além disso, digamos que mudar para a capital do estado não é ruim, certo?

Tudo bem, não vou morar *exatamente* na capital, afinal, a universidade tem uma cidade própria. O campus foi rodeado por um ecossistema que se sustenta só pela população universitária e suas necessidades. Falar que vou morar na capital só facilita para explicar, por exemplo, para a minha avó. Ela ficou bastante confusa quando eu disse que iria para Pedra Azul, até perguntou se ficava em outro país. Então apenas corrigi que mudaria para Florianópolis mesmo.

Fiquei com o coração apertado ao me despedir dos meus pais na rodoviária, mas sabia que era a hora de ser alguém. Sei que não sou exemplo de autoconfiança e autoestima, mas digamos que estou trabalhando nisso. A passos lentos, mas sempre em frente.

Quando entro no prédio da república, começo a analisar o lugar.

A porta principal dá para uma sala-cozinha, e um balcão divide os dois ambientes. Nada muito grande, mas é um espaço razoável para o número de habitantes da casa. Há dois sofás coloridos e uma televisão de LCD na parede. No rack logo abaixo, reparo em diversos videogames e perto do balcão da cozinha há uma mesa de pebolim. *Nada mal.*

A cozinha é pequena, tipo americana, com uma pia, alguns armários no alto, além de geladeira, fogão e micro-ondas. Reparo que não tem nenhuma mesa de jantar, só aquele balcão vermelho separando os ambientes.

Manuela pede para que eu a siga, já que os quartos ficam no segundo andar. Luto para subir com a mala e a mochila. Quando chego no piso de cima, mal consigo respirar. Eu me apoio em uma das paredes do corredor e solto o ar com dificuldade.

— É bom se acostumar — ela declara com os braços cruzados, encostada em uma das quatro portas do corredor, se divertindo com o meu sofrimento. — É sério.

— Vou tentar.

Ela desencosta quando percebe que estou andando novamente e se vira para a primeira porta à esquerda.

— Esse é o seu quarto!

Entro e analiso o cômodo que será meu lar pelo próximo semestre. Uma cama de solteiro embaixo da janela, um guarda-roupas do lado da porta e uma escrivaninha.

— Gostou? Você pode decorar como quiser. O único problema é que tem que tirar tudo quando se mudar e deixar exatamente assim, como encontrou. Estabeleceram essa regra quando a garota que morava aqui antes de eu chegar resolveu pintar o quarto todo de preto e ninguém mais quis alugar aquilo além de mim. A Talita tirou uma foto do quarto quando ela chegou.

Eu não tenho problemas com decoração. Não me importo, de verdade. Desde que a cama seja confortável, tudo bem. Caminho até a janela e deixo minha mala perto da cama. Quando me viro para Manuela, ela está com o celular apontado para mim e um flash quase me cega.

— Só para garantir! Depois eu mando por e-mail — explica.

É inútil, mas concordo, ainda atordoada com aquele flash.

— Ok, agora que já conheceu seu quarto, vem! — Ela me puxa pelo braço. — Quero te apresentar aos outros loucos! Eles são demais! — comenta, animada.

A garota continua me puxando até o quarto seguinte do corredor, ao lado do meu. Entra sem bater e fico com vergonha quando encontro um garoto só de cueca samba-canção deitado na cama. Dormindo.

Eu me viro assim que a Manuela me solta. Que vergonha!

— Ei, Gustavo! Acorda! — grita. — A caloura chegou!

Ele resmunga, mas não parece acordar.

— Vai, levanta! — A garota o balança, puxa e estapeia.

— Tá bom, para, já acordei! — Gustavo reclama com uma voz sonolenta. — Vou conhecer a menina só pela bunda?

Meu rosto começa a esquentar de vergonha e raiva.

— Você está de... cueca — argumento ainda de costas.

Ele ri.

— Ah, Gustavo! Coitada! — repreende Manuela. — Se cobre aí com o lençol, ela não precisa lidar com a sua nudez logo de cara.

— Eu... volto depois. — Tento sair correndo para não passar vergonha, mas a Manuela me impede.

— Nada disso! O Guto já tá coberto.

Eu suspiro e olho para o garoto. Ele não está mais de cueca e nem deitado, mas em um lençol e sentado na beirada da cama. O quarto está um pouco escuro porque as cortinas estão fechadas e a luz só entra pela porta. É a minha sorte: ele não consegue ver o meu rosto vermelho como um pimentão. Ele sorri, e eu dou um meio sorriso em resposta, mas acho que ele não consegue ver.

— Meu nome é Gustavo! — Ele se apresenta. — Estou aqui há muito tempo.

— Sou Alina e... acabei de chegar — declaro, mas logo em seguida me dou conta do quanto fui idiota, como se só tivesse isso a dizer. Para Manuela, já é o bastante.

— Certo, conheceu um dos moradores da casa. Tem mais dois! — Ela começa a me empurrar pela porta com pressa. — Vamos, vamos!

Enquanto saio do quarto, olho para trás em direção ao Gustavo. Ele pisca e sorri para mim. Eu retribuo o sorriso e agora tenho certeza de que ele pode me ver.

— Certo. — A Manuela para no meio do corredor e começa a me alertar: — Ver o Gustavo de cueca não é nada demais. Ele, basicamente, só usa isso em casa. Você se acostuma.

Eu me certifico de colocar isso na lista de coisas às quais preciso me acostumar, e que já possui dois itens: as escadas e a cueca.

— Mas o Bernardo e a Talita? É preciso muito cuidado para não pegá-los em um momento, hum... íntimo demais. Os dois são frenéticos, você não tem noção! Agradeça pelo seu quarto não ser ao lado do deles. É um inferno! — confessa.

Ela para na frente de uma porta que imagino ser do quarto da Talita. Tem um papel em formato de coração colado que diz: "Seis meses de amor, beijos do seu Bê".

— Meu deus... — falo baixinho e faço uma careta.

— Pois é — Manuela concorda

Espero em silêncio por alguns segundos enquanto ela se concentra, prestando atenção em alguma coisa que eu não faço ideia do que é.

— Acho que não é uma boa ideia.

Levo um susto com a voz do Gustavo logo atrás de mim. Eu me viro e percebo que agora está vestido. Quero dizer, parcialmente vestido.

Depois de fechar o zíper da calça, ele olha para nós duas. O cabelo louro-escuro está totalmente fora de controle na cabeça, e o rosto, amassado. Desço os olhos até o peitoral sem camisa. Uau! É definido, mas sem exagero. Tudo totalmente proporcional. Acho bem esquisito aqueles caras que se matam na academia e ficam em formato de fatia de pizza. Os ombros enormes e o quadril minúsculo. Não é o caso.

Acho que estou há muito tempo encarando, pois vejo que ele franze a testa e sorri. Desvio o olhar, envergonhada, e me volto para Manuela. Ela nem parece se importar. Não sou nenhuma garotinha deslumbrada com um peitoral qualquer, ok? Mas o cara é bonito demais para não reparar.

— É, acho que é melhor não entrar aí mesmo. — Manuela interrompe meus pensamentos depois de escutar algum barulho. — Você pode conhecê-los mais tarde.

Fico chocada ao me dar conta do que ela está falando, e com tanta naturalidade. Ela deve ter percebido meu constrangimento porque diz logo em seguida:

— É assim mesmo. — Ela dá um tapinha nos meus ombros. — Como eu disse, você se acostuma.

CAPÍTULO 2

Não demorou muito para que eu conhecesse o casal frenético. Uma hora depois, enquanto eu estava na sala conversando com a Manuela, os dois apareceram. Bernardo foi em direção à cozinha, e a Talita se sentou ao nosso lado no sofá.

— Espero que tenham se divertido — Manuela dispara.

— Ah, com certeza — Talita responde com um sorriso malicioso e então repara que estou sentada logo ali ao lado. — Você deve ser a Alina, certo?

Eu faço que sim com a cabeça e ela pergunta se éramos nós que estávamos fazendo barulho na porta do quarto.

— Eu estava mostrando a casa para a Alina. Vocês são realmente insaciáveis, né? Apostei com o Gustavo que esse fogo todo acabaria em seis meses.

— Espero que nunca acabe — diz Talita, olhando para cima enquanto sorri feliz.

Manuela revira os olhos e volta a atenção para mim, apoiando o cotovelo no sofá e a cabeça nas mãos.

— Então, que tal fazer algumas mechas nesse cabelo?

— O quê?

— Eu acho que azul ficaria legal. — Ela levanta alguns fios. — O que você acha, Talita?

Talita não tem cabelo colorido. Na verdade, ela é completamente diferente da Manu, que havia me repreendido por chamá-la de Manuela. Talita é mais parecida comigo, exceto pela pele bronzeada, é claro. Sou morena, mas não pego sol há tanto tempo que só posso ser definida como *desbotada*. Talita tem cabelos pretos quase azulados, que caem em ondas até os ombros, e veste apenas um short jeans comum com uma blusa branca.

Enquanto Manu se orgulha da calça preta rasgada no joelho e uma camiseta com o símbolo das Relíquias da Morte de Harry Potter que ela mesma havia pintado.

— Desiste, Manu — responde Talita. — Não precisa querer mudar todo mundo que encontra pela frente. — E me tranquiliza: — Você não precisa fazer nada que não queira, mesmo sendo caloura. As pessoas vão tentar dizer o contrário o tempo todo.

Mal tive tempo para ter contato com as duas garotas e já consigo observar a dinâmica. Manu é a impulsiva e desbocada; Talita, a controlada e responsável. E elas já sabiam como aquele jogo funcionava.

— Eu ainda acho que mechas azuis dariam um ar descolado, e você se destacaria ainda mais no meio daquela *macharada* do seu curso de Engenharia. — Seus olhos brilham, tentando me motivar.

— Acho que posso pensar nisso depois — respondo, não descartando a ideia, mas também não concordando imediatamente.

Sempre tive o mesmo estilo: básica e discreta. Eu era normal no colégio. Em meio a tantas outras garotas parecidas comigo, as pessoas mal lembravam o meu nome... só sabiam que eu era a aluna que tirava as notas mais altas.

— Engenharia, hein? — Bernardo entra na sala para participar da conversa, trazendo um prato com alguns sanduíches e um copo enorme de suco. Ele se senta no sofá desocupado, e Talita resolve se juntar a ele, pegando um dos sanduíches. — Eu pensei em fazer Engenharia Civil, era moda no ano passado. Tanto é que as turmas fecharam com mais de cem alunos e eles precisaram dividir em duas salas. Mas daí desisti e fui para Administração. O que foi uma sorte, porque daí pude conhecer a Talita aqui.

A namorada sorri, e ele beija sua bochecha, em um gesto de carinho. Observo os dois por um instante, mas Bernardo fica sem graça e começa a passar nervosamente a mão pela cabeça raspada.

Ele tem a pele escura e os olhos carinhosos, diferente de Talita, que tem um olhar misterioso e sedutor. O de Bernardo me convida a conversar e me deixa à vontade. Como se ele sorrisse com os olhos.

— Eu sempre gostei de computadores — declaro. — Curto a ideia de poder criar sistemas e aplicativos úteis. E, além disso, tenho muita facilidade com lógica e matemática.

Manu faz um barulho imitando alguém que está vomitando, e eu a encaro.

— Desculpa, mas eu odeio matemática.

— O que você faz? — pergunto. Tenho certeza de que é algum curso de humanas.

— Comunicação Social — ela responde, toda orgulhosa.

Bingo!

— É legal também — observo. — Fiquei em dúvida entre Publicidade e Engenharia de Computação. — Eles me encaram confusos, mas dou de ombros, um pouco envergonhada com a atenção. — Eu sei, é incoerente, mas acho as duas coisas muito interessantes. Foi difícil ter que escolher.

Não menciono as outras opções que também considerei antes de preencher a ficha.

— Então por que escolheu Computação? — Manu pergunta. — Você iria adorar Publicidade! São as pessoas mais divertidas daquele lugar. — Talita semicerra os olhos, e Manu sorri em resposta, fazendo um gesto como se fosse óbvio. — Sem contar vocês, é claro!

— Meus professores de Matemática e Física me disseram que em Engenharia eu usaria todo o meu talento e minha habilidade — confesso, dando de ombros mais uma vez.

— Você escolheu porque os outros disseram que era melhor? — Manu pergunta com os olhos arregalados.

Faço que sim, e ela balança a cabeça.

— Espero que você aprenda a ter mais opinião, mocinha. — Ela me repreende, apontando o indicador. — Vamos trabalhar nisso, não é, Talita?

A outra garota concorda, mas não diz nada, pois está com a boca cheia. Ela dá um joinha e pisca.

Eu sorrio e pela primeira vez me sinto, de fato, bem-vinda. Agora posso até pensar em acreditar que seremos uma *grande família,* como a Manu garantiu.

Gustavo interrompe o clima divertido quando entra pela porta principal equilibrando duas caixas de pizza em uma mão e na outra refrigerante em uma sacola plástica. Ele havia saído logo depois que o acordamos e, uma hora depois, estava de volta.

— Para comemorar a nova integrante! — anuncia.

Todos dão vivas, e eu sorrio, feliz de verdade.

— Ah, não acredito — lamenta Talita, olhando do sanduíche pela metade na sua mão para a pizza que o Gustavo trouxe. — Lá se vai a minha dieta.

— Você sempre diz que tá de dieta — observa Gustavo.

— Eu sempre preciso começar de novo quando vocês me provocam com pizzas, chocolates e refrigerantes!

— Ué, amanhã é segunda-feira. Um bom dia para começar. — Ele dá de ombros e morde a fatia de pizza em sua mão.

— Você não precisa de dieta — declaro.

— Concordo — diz Bernardo.

— Ah, vocês só falam isso porque não são vocês! — Ela esbraveja.

— Desistam, ela não vai mudar de ideia — Manu alerta. — Eu já tentei persuadir. E olha que sou eu quem faz Comunicação aqui, hein? — Ela fica em pé como se fosse declamar um poema. — Tenho o dom da palavra!

Todo mundo ri da imitação, e eu quase me afogo depois de tomar um gole de Coca-Cola.

— Cuidado aí — diz Gustavo. — Tenta não morrer pelo menos até o próximo semestre. Vai ser difícil encontrar uma substituta.

— Pode deixar — garanto, voltando ao normal depois de realmente quase morrer de tanto tossir.

— Temos que levar a Ali para umas festas legais — Manu diz para Gustavo.

— Calouros não deveriam ter esse privilégio — ele rebate, divertindo-se ao avaliar se mereço ou não ganhar benefícios por morar com pessoas populares.

— Ela nem é sua caloura!

— Claro que é. Calouros são calouros. Mas acho que podemos dar uma chance — declara com uma piscada.

Todos sorriem e parecem compactuar com um segredo que só eles sabem. Até mesmo Bernardo me olha de forma estranha.

— Os trotes daqui não são muito ruins, né? — pergunto inocentemente.

— Ah, o seu curso nem deve saber o que é uma festa — Manu desdenha e volta a sorrir maliciosamente. — Mas pode deixar que nós vamos garantir toda a diversão.

Eu imploro para que me contem sobre o que estão planejando, mas ninguém se convence. Eles ainda brincam com a minha ingenuidade sobre o que acontece nos trotes por um tempo, mas logo depois começam a contar algumas histórias.

Manu diz que em Comunicação Social o trote vai além da festa e tem muita interação com a turma durante a primeira semana inteira. Já Gustavo admite que no curso de Medicina eles pegam pesado com os calouros no chamado *trote sujo* e tem até mergulho em uma piscina com cabeça de peixe.

Talita e Bernardo contam que em Administração nem se importam muito com as brincadeiras além da própria festa, sempre épica.

Segundo eles, Engenharia da Computação nunca teve trote, o que por um momento me deixa mais tranquila até falarem que garantiriam essa experiência para mim. Afinal, se não tiver trote, nem parece que entrou na faculdade. E ali era a República das Loucuras, eles tinham uma reputação a zelar!

Para quem estava insegura sobre a mudança, me vi logo animada com o que estava por vir. Iria morar com pessoas divertidas e amigáveis, e, mesmo se eu não fizesse amigos fora, tinha certeza que poderia contar com estes.

Muita gente fala que a faculdade é a oportunidade ideal para escolher quem você quer ser. E não é que já estou vendo alguma verdade nessa afirmação? Minhas aulas nem começaram, mas me sinto diferente.

Não tenho certeza se é porque estou tão longe de casa ou porque não estou mais com as pessoas com as quais convivi por anos. Só sei que alguma coisa mudou.

Passamos horas e horas conversando, até que eu me sinto cansada e aviso que vou subir para desfazer a mala e, provavelmente, dormir. Eles zoam com a minha cara porque ainda é cedo, mas Talita me defende ao dizer que eu tinha viajado e precisava mesmo descansar. Agradeço silenciosamente e então fico sozinha pela primeira vez no meu novo quarto.

Organizo as roupas em um armário pequeno, mas suficiente para todas as minhas coisas. Coloco o notebook na escrivaninha e posiciono em uma das pontas um porta-retratos com uma foto tirada no Natal. Minha mãe me obrigou a trazer para que eu sempre me lembrasse deles. Eu nunca esqueceria, é claro, mas ela queria estar certa disso, então obedeci.

Observo bem a imagem. Na foto, estamos todos sentados no antigo sofá da sala, que precisou ser trocado quando Dobby, o cachorrinho que foi o meu presente daquele ano, terminou de destruí-lo. Sim, o nome foi inspirado em Harry Potter, mas o bichinho não tinha nada a ver com o elfo doméstico.

Enquanto eu abraçava aquela bolinha de pelos o mais firme possível, exibia também o sorriso mais sincero que me lembro de já ter dado para uma câmera. Meu irmão, um ano mais novo, estava tão orgulhoso do seu novo videogame que posicionou a caixa em cima da cabeça. Enquanto isso, nossos pais nos abraçavam, também felizes.

Já se passaram três anos desde que a foto foi tirada, e eu me recordo do quanto fiquei empolgada naquele verão: finalmente ia entrar no ensino médio. Quase posso rir da ingenuidade. Por mais que eu sinta saudades daquele Natal, agradeço por esses anos terem finalmente acabado.

Depois de colocar a roupa de cama e ver que tudo estava em seu devido lugar, sorrio. Estou realmente feliz de estar ali, só não sei o que me espera pela manhã, quando as aulas começarem. Fico apreensiva, mas decido tirar isso da minha cabeça e ir dormir de uma vez.

Quando o despertador toca, levo uns segundos para saber onde estou. Xingo baixinho por causa do horário. Detesto acordar cedo! Quem foi que decidiu que o dia precisa começar a essa hora?

Escuto alguém cantando alegremente e não posso acreditar que tem uma pessoa tão feliz a essa hora da madrugada!

Desço as escadas tomando cuidado para não tropeçar nesse estado de quase sonambulismo, tentando proteger os olhos da luz que invade o lugar inteiro pelas janelas.

— Bom diaaaaa! — Enxergo a loira com mechas rosas presas em um coque desarrumado e me surpreendo. Manu seria uma das últimas pessoas que eu diria ser alguém que gosta de acordar cedo. Ela é tão de humanas que deve ter levantado para aplaudir o nascer do sol. Só pode.

Eu não respondo, me limito a um grunhido. Não sou do tipo que consegue estabelecer uma conversa coerente assim que levanto.

— Mau humor? — pergunta, enquanto coloca algumas colheres de pó de café no filtro da cafeteira.

Eu a encaro com fúria e então ela levanta as mãos como quem se rende e volta a preparar o café. Encosto na geladeira com os braços cruzados e tento colocar os pensamentos em ordem. Meus neurônios não acordam todos juntos, então preciso de um tempo para que fiquem prontos para funcionar.

Manu deve me entender, porque estende uma caneca de café com leite. Agradeço com um aceno de cabeça porque é o máximo de resposta que consigo dar, e ela sorri.

— Você é igualzinha ao Gustavo quando acorda cedo. Daqui a pouco vou ter que lidar com duas múmias furiosas e mudas.

Ela termina de falar, e escuto passos vindos da escada, mas espero que se aproxime porque estou lenta demais para virar a cabeça. Percebo que o café começa a fazer efeito, pois meus olhos agora se mantêm mais tempo abertos do que fechados.

— Foi só falar no diabo...

A segunda múmia aparece do meu lado. Ele está, definitivamente, em um estado muito pior que o meu e tenta abrir a geladeira sem nem mesmo pedir licença. Quase me engasgo com um gole do café com leite e vejo uma enorme mancha marrom se estender pelo meu pijama estampado com abacaxis.

— Ei, você não sabe pedir licença? — O tom sai raivoso e fico surpresa por já ser capaz de falar depois de alguns goles do café, que, por sinal, está muito bom.

Ele pega um suco da geladeira, me encara por alguns segundos, como se não me reconhecesse, abre a caixa e vira tranquilamente todo o conteúdo na boca.

— Eu avisei... — cantarola Manu às minhas costas.

— Ele pode fazer isso? — pergunto, chocada com a cena nojenta.

Ela dá de ombros.

— A casa é dele — justifica, como se isso explicasse tudo. — Além disso, ninguém mais toma esse líquido esquisito aí.

Eu respiro fundo. Nunca convivi com muita gente da minha idade, éramos apenas eu, meu irmão e meus pais. A dinâmica lá em casa era bem diferente: minha mãe determinava as regras, e meu irmão e eu seguíamos desde sempre.

Viver em uma república vai ser uma experiência catastrófica ou muito esclarecedora.

Gustavo nem parece se dar conta da conversa. Depois de beber o quanto quis da caixa de suco, dá meia-volta e entra no banheiro da sala.

Termino de tomar o café, depois de grande parte ter caído no pijama, e já me sinto bem mais acordada. Encaro o relógio grande da cozinha e percebo que tenho apenas vinte minutos para me arrumar.

Manu me olha com pena, quando se dá conta de que estou encarando o relógio.

— Ele não vai sair de lá tão cedo — diz em um tom de aviso, apontando para a porta do banheiro. Eu a encaro e franzo a testa. — Todo mundo sabe que deve entrar no banheiro antes dele se tiver aula pela manhã.

— Isso é mais uma coisa com a qual tenho que me acostumar?

Manu faz que sim, meio culpada por não ter me avisado antes, e eu suspiro, derrotada, e não são nem sete e meia da manhã.

Feliz primeiro dia de aula.

CAPÍTULO 3

Os primeiros dias quase me fizeram desistir. Enquanto eu amava estar com Manu, Talita, Bernardo e até mesmo Gustavo (que disputava comigo o posto de mais irritante pela manhã), odiava a minha turma.

Não pensei que fosse ligar para proporção de homens x mulheres na sala de aula — quarenta e seis garotos e quatro garotas. Afinal, somos todos jovens adultos civilizados, que não estão mais no ensino fundamental para insistir em piadinhas sem graça sobre mulheres não terem direito de estarem ali. O pior é que até mesmo os professores estimulam o comportamento!

Cada vez que uma de nós tenta tirar alguma dúvida, lá vem a expressão debochada e maliciosa, e a resposta com desdém, como se a pergunta fosse idiota demais para receber a devida atenção. O resto da sala, é claro, nos ridiculariza com risadinhas.

Contei apenas dois que se destacaram de forma positiva: o professor Antônio, de Algoritmos I, e a professora Cláudia, de Cálculo. Os únicos que trataram a turma com igualdade, portanto mais preocupados em reconhecer os cérebros dos inteligentes do que dividir a turma pelo que cada um tem no meio das pernas.

Alguns dos meus colegas de classe também são exceção. Enquanto a maioria foi pegando confiança sustentada pelas piadinhas dos professores, outros também estão tratando as garotas da turma como iguais e não as "fracas", que desistirão do curso a qualquer momento.

Se eu não fosse tão determinada em provar que sou a melhor, provavelmente já estaria pedindo transferência. Posso não ter muitas habilidades sociais, como observaram Manu e Talita, que estão em missão especial de me incluir em alguma festa estranha neste final de semana, mas sou capaz de aprender muito. E se tiver como objetivo calar a boca das pessoas que me desmerecem e provar que elas estão erradas, a coisa toda fica muito mais divertida.

As três garotas e eu automaticamente nos unimos no primeiro dia de aula, como se precisássemos daquilo para nos protegermos, e é quase isso mesmo. Inicialmente como instinto e, depois, conscientemente, como um time.

E nem todas nós sabemos o que estamos fazendo ali. Sabrina foi quase forçada pelo pai. Ele é um desses ricaços donos de startups de sucesso e quer que a filha única siga os seus passos. Ela diz que precisa de muito esforço para entender matemática e lógica, e que preferia cursar

Letras ou Ciências Sociais, mas ficou com medo, pois o pai afirmava que ela não teria futuro e morreria de fome.

Julia é daquelas geeks que está de olho em todas as tendências de tecnologia. O sonho dela é ser como o pai de Sabrina e ter uma ideia tão genial de aplicativo que a deixará não só milionária, mas famosa.

A Luana é a menina mais meiga que eu já conheci. Qualquer pessoa que a olhasse pensaria que ela deveria trabalhar em alguma profissão na qual pudesse passar tranquilidade para outras pessoas. Mas assim que começou a discursar sobre o que pretendia seguir como especialização, confessou que queria ser programadora de jogos. Ela é viciada em vários jogos FPS e trazia consigo durante toda a primeira semana um exemplar do livro *Assassin's Creed*. Obviamente, noventa por cento da nossa sala achou que ela nunca seria capaz, e começaram a rir com desdém, como se o sonho dela fosse uma grande piada.

Eu não tenho um futuro definido e ao me perguntarem por que estava ali respondi:

— Não tenho ideia de especialização, só quero aprender muito de tudo que puder.

Ninguém riu. Provavelmente acharam presunçoso demais ou nada interessante. O professor de Algoritmos I se deteve um pouco mais, e me encarou antes de pedir que outro aluno se apresentasse.

Na sexta-feira à noite, logo depois de uma aula exaustiva sobre História da Computação, estou no meu quarto, concentrada no exercício de Algoritmos I que lembra alguns dos desafios que eu poderia encontrar no livrinho de passatempos que minha avó adora fazer, quando Manu abre a porta sem bater, me dando um susto enorme.

— QUE MERDA, MANUELA! — grito. — Quase morri do coração!

— A bonitinha fala palavrão! — Ela comemora.

Reviro os olhos e me encosto na cadeira a encarando, irritada. Como não falo nada, ela entra no quarto e se senta na minha cama.

— Eu não sei o que você acha que tá fazendo, mas com certeza não é o que nós planejamos pra hoje.

A primeira semana de aula foi tão puxada que eu havia esquecido que eles tinham uma missão que envolvia me levar para algum lugar.

— Estou fazendo o que EU planejei — respondo secamente.

— Nananinanão, você seria louca se ficasse em casa na primeira sexta-feira da primeira semana de aula! — Ela me encara muito séria. — Na verdade, eu seria muito incompetente como amiga se deixasse você aqui em plena primeira sexta-feira!

Derrotada, suspiro. Tive duas aulas hoje e não estou com ânimo nenhum para fazer qualquer coisa fora do quarto.

— Eu não tô com muita vontade de sair de casa — respondo. — Tenho muito trabalho pra semana que vem, então realmente preciso começar hoje.

— Quem liga pra trabalho da primeira semana de aula? — Ela pergunta, descrente. — Só os calouros mesmo. — Então se levanta e começa a me puxar da cadeira. — Mas como você é uma caloura muito sortuda em ter amigos veteranos maravilhosos, nós vamos mostrar o que tem de melhor para se fazer na sexta-feira da primeira semana de aula!

— Eu não quero ir, Manu! — Tento fazer força para ficar dentro do quarto, me agarrando ao vão da porta, enquanto ela tenta me puxar na direção da escada.

— Claro que você quer! — Ela grita, animada. — Você vai me agradecer e muito por te obrigar a ir. — Chegamos no topo da escada e fico com muito medo de ela simplesmente me empurrar. — Você vai ser uma boa menina. Tome um banho pra sair com a gente ou vou ter que te condenar à louça da casa pelos próximos 30 dias?

— Mas isso é muito injusto! — reclamo, dando passos determinados pela escada e ainda com medo de ela me empurrar pela insolência.

— É realmente muito injusto. — Ela dá uma gargalhada forçada. — Estou aqui fazendo o enorme favor de salvar a sua vida social e você fica aí bancando a mimada sem amigos.

Chego ao fim da escada, olho para cima, e Manu está de braços cruzados. Depois levanta as sobrancelhas, como se perguntasse quanto tempo mais farei com que ela espere, e saio bufando em direção ao banheiro. É só uma noite, afinal. Nada me faria escolher a louça do próximo mês.

Aparentemente, nenhuma das minhas roupas convenceu minhas colegas da república. Até mesmo Gustavo teve poder de voto antes de sairmos para o tal lugar misterioso.

É por isso que estou vestindo uma calça preta de cintura alta colada no corpo — o que me deixa constrangida —, um cropped branco emprestados da Talita e coturnos de salto baixo da Manu.

Quando enfim encontraram a combinação perfeita, elas deram um high five e ficaram muito orgulhosas. Como aquelas apresentadoras maléficas de programas de transformação.

Primeiro passaríamos no bar próximo à universidade (parece que antes de qualquer festa as pessoas precisam passar lá para "o esquenta"). Não entendi a expressão, e, quando perguntei, as garotas me olharam como se eu fosse um E.T.

— Será que na cidade dela tem outra expressão? — Bernardo pergunta como se eu não estivesse ali do lado.

— Sei que em alguns lugares chamam de "aquece" — Manu responde. — Mas acho feio demais. — Ela olha para mim como se eu tivesse alguma resposta.

— Também não sei o que é a-que-ce — pronuncio as sílabas da última palavra lentamente. — Tem alguma coisa a ver com fogo?

Tenho certeza de que devo ter feito uma pergunta idiota porque os três reviram os olhos ao mesmo tempo.

— É claro, geralmente colocamos fogo na bunda e saímos rebolando — Manu ironiza. — Esquenta é como se fosse uma preparação. Começamos a beber e, quando finalmente chegamos na festa, já estaremos *no ponto*.

— Eu não bebo — respondo simplesmente.

— Nenhum calouro bebe — Talita diz com desdém e sai andando com Bernardo em direção ao portão da casa.

Eu olho pra Manu sem entender, e ela diz:

29

— Nenhum de nós bebia até chegar na faculdade — ela responde, rindo e dando de ombros. Quando percebe que eu não me movimentei, ela para e me encara. — Você vem ou não?

Eu respiro fundo e vou em sua direção. Fiquei ansiosa. Nunca bebi. Para falar a verdade, uma vez tomei um gole da cerveja que minha tia tinha deixado em cima da mesa enquanto preparava o almoço do dia das mães.

Achei aquele negócio amargo tão ruim que me engasguei, e, quando ela me perguntou o que tinha acontecido, eu saí correndo para o quarto, me sentindo culpada. De lá para cá nunca mais quis experimentar nada alcoólico.

A aversão à bebida também não contribuiu para a minha popularidade no ensino médio. Até fui convidada para algumas festas da turma, mas quando me ofereciam cerveja eu simplesmente me lembrava do episódio do amargor e morria de medo de chegar bêbada em casa por causa de um só gole. Com o tempo, as pessoas simplesmente pararam de me oferecer e até de me chamar para as festas.

Talita nota meu nervosismo e tenta me acalmar:

— Relaxa, você não precisa beber.

— É claro que não, né, Alina?! — complementa Manu.

Eu fico mais aliviada, mas ainda encaro o chão um pouco constrangida por parecer uma criança. Manu interrompe minha caminhada. Parada na minha frente ela me aponta um dos dedos e diz:

— Vou dar um conselho muito importante — ela fala com um tom sério, de bronca. — Você nunca deve fazer nada que não queira, ok? Não se deixe intimidar. Você é caloura, ingênua e inocente, mas não diga sim para nada que não queira. Tá bom?

Olho para ela, assustada demais com a declaração, e só consigo balançar a cabeça e concordar.

— Muito bem. — Ela volta ao seu tom normal de voz e coloca as mãos no quadril. — Agora é só se mostrar mais confiante.

Eu respiro fundo, endireito as costas e sorrio com um pouco de dificuldade.

— Levante um pouco as sobrancelhas, como eu. — Ela fecha

um pouco os olhos e ergue levemente uma das sobrancelhas. É incrível como assume uma postura totalmente diferente; sinto que ela seria capaz de tudo.

Tento imitá-la, mas não me acho muito diferente de uma criança que coloca os saltos da mãe, tentando parecer adulta. Um fiasco.

— É, a gente melhora com o tempo. — E assente. — Por enquanto está bom.

Então ela se vira e começa a andar na mesma direção que Talita e Bernardo; eu me apresso para acompanhá-los. Sinto que já aprendi muito mais com aquela garota do que na primeira semana dentro da sala de aula.

O bar não fica muito longe de onde moramos. Com exceção de Gustavo, ninguém tem carro, então andamos cerca de seis quarteirões. O que é ótimo, pois se a galera fosse beber e ainda dirigir, eu não colocaria meus pés dentro do carro. Eu não vou beber, mas como não tenho carteira, não adiantaria muita coisa.

Não vi o bar até me dizerem que ele estava logo à frente. Com tanta gente por ali, quase não consigo enxergar o que é rua, calçada ou o próprio estabelecimento — na verdade, precisei me esforçar para ver que era um bar.

Manu me conta que são dois bares, um em cada esquina, logo ao lado da universidade. Os carros e ônibus têm que fazer um esforço muito grande para conseguir passar nessa rua depois do término das aulas do turno da noite. Ninguém está realmente preocupado em sair da frente. Agradeço mentalmente por não ser um desses motoristas... eu provavelmente passaria por cima.

Meus amigos cumprimentam muita gente e me apresentam a alunos de vários cursos diferentes. Manu é muito popular, pula de grupo em grupo para cumprimentar a galera e me arrasta atrás. Estou me sentindo a sua pequena mascote. Fico feliz por estar socializando, mas ainda não me sinto à vontade, pareço não pertencer.

Na escola, eu preferia ficar em casa, e quase fiz isso hoje. Eu tinha intenção de não ser mais quem eu era, mas na primeira oportunidade quis recusar um convite desses. E mesmo tendo a Manu, ainda estou me sentindo uma intrusa.

— Ninguém vai morder, Alina. — Gustavo aparece do nada com uma cerveja na mão.

Eu me assusto com a aproximação repentina, mas sorrio, agradecida por ele ter aparecido. Talita e Bernardo tinham se perdido na multidão, e Manu me deixou sozinha, falando que voltava assim que resolvesse um assunto.

Fiquei uns cinco minutos parada sem saber o que fazer e já havia avaliado se valeria mais a pena voltar para casa ou esperar por ela.

— Os três sumiram — respondo, apreensiva. — Não conheço ninguém.

— Nossa, assim você me ofende. — Dramático, ele coloca a mão que está vazia no peito.

— Até você aparecer — completo então com um sorriso.

— Eu vi a Manuela se atracando com o Rafa lá atrás. — Ele indica a parte mais escura da rua, e eu me pergunto o que Gustavo estava fazendo ali. — Eles têm essa coisa mal resolvida. Sempre brigam, mas nunca estão realmente juntos ou separados.

Antes que eu pudesse fazer qualquer comentário, Manu aparece no meio da multidão e entrelaça o braço no meu.

— Prontinho! — diz ao recostar a cabeça no meu ombro. Pelo menos é o que ela tenta fazer, mas como é mais alta só consegue alcançar a minha cabeça, e o gesto sai meio desengonçado. — Deixei você aqui por muito tempo?

Gustavo responde por mim:

— Ela estava parecendo um cachorrinho assustado. Deveria esperar até a festa pra dar uns pegas no Rafa, né? Você nem tá bêbada. Não quero ter que ouvir reclamação amanhã.

Ela dá de ombros sem se mostrar arrependida.

— Foi só uma recaidazinha — garante. — Já estou pronta pra outra.

Eu olho para ela com as sobrancelhas erguidas, e sorrindo ela diz:

— Na festa vão ter vários caras gatos. — E então olha para Gustavo. — E aí, onde vai ser dessa vez?

— Cauê — responde ele.

O sorriso de Manu se desfaz e ela desvia o olhar.

— Fazer o quê? — Ela dá de ombros. — Pelo menos vou aproveitar a festa e beber de graça. — Eu noto que Manu tenta demonstrar um desinteresse, mas algo a incomoda. — Ainda bem que temos o Gustavo pra poder aproveitar — ela diz para mim sorrindo, enquanto joga os braços nos ombros dele e tenta ao mesmo tempo dar beijinhos na sua bochecha; ele tenta afastá-la sem sucesso.

— Às vezes sinto que é só por isso que você é minha amiga — Gustavo ironiza.

— Claro que sim. Por que você acha que eu seria amiga de um playboy da Medicina? — Ela pergunta como se aquilo fosse a única explicação e então finalmente consegue dar um beijo no rosto do Gustavo quando ele menos esperava. — Mentira, né? Você é um dos poucos que se salvam!

Manu finalmente se afasta, vitoriosa, e ele começa a limpar a bochecha, vira o lado esquerdo do rosto para mim e pergunta:

— Ficou marca de batom?

Gustavo me mostra uma mancha enorme de batom vermelho ainda maior porque ele tentou esfregar. Faço que sim com a cabeça, sorrindo, e me aproximo para ajudá-lo a limpar, sem pensar antes de agir. Quando percebo o que estou fazendo, fico constrangida por ter esquecido onde estava: bem no meio da rua e com muita gente em volta.

— Uhhhh... as meninas não podem ver esse batom vermelho no rosto — brinca Manu.

Entediado, Gustavo olha de soslaio para ela enquanto removo o que restou do batom e me afasto assim que possível.

— Pelo menos alguma coisa boa tinha que vir daquela Atlética de Medicina, né? Tem que valer a pena estar no meio das cobras.

— O que é uma atlética? — pergunto para Manu.

— Eu esqueço o tempo todo que você é caloura e que preciso explicar umas coisas comuns. — Ela balança a cabeça. — Enfim... Você sabe o que é um Centro ou Diretório Acadêmico? — Respondo que sim, e ela continua: — A Atlética é parecida, só que cuida da parte de festas e esportes.

— É mais prestigiada que um Centro Acadêmico e bem mais divertida — complementa Gustavo.

— Quem vai querer ir para o Centro Acadêmico ficar com a parte chata se pode ir para a Atlética? — pergunto.

— Tem gente que gosta de uma boa briga... — Gustavo responde e dá de ombros.

— Falou aquele que quase não discute com os caras — retruca Manu.

— Nem começa...

— Para concluir, é o seguinte, Alina. — Manu olha para mim. — O Gustavo faz parte do seleto grupo de caras legais desse lugar. É quase o genro que a minha mãe pediu.

— Ah, é? — Gustavo levanta as sobrancelhas. — Pena que na época que isso poderia ser possível a Manuzinha aqui me trocou pela Jéssica.

— Vocês dois já ficaram? — pergunto com curiosidade.

— Claro que não. — Manu faz um gesto como se a suposição fosse um absurdo. — É só porque quando eu estava ficando com essa menina, a Jéssica, ele teve ciúmes. Daí me joga na cara sempre que eu digo que ele seria um bom partido.

Fico bem surpresa quando a Manu me diz que já ficou com garotas. Ela é bem alternativa e tem uma visão de mundo bem evoluída, mas isso não tinha passado pela minha cabeça. Acho que fico tempo demais a encarando de boca aberta.

— Sim. Eu fico com meninas também. Você não é do tipo que vai achar isso um absurdo, né?

— N-n-não... claro que não — respondo. — Só fiquei surpresa.

— Ah, tá... porque de gente que enche o saco já basta a minha mãe. — Manu revira os olhos. — Enfim, vamos ou não vamos pra festa?

— Ué, é você que não para de falar — Gustavo se defende, mas logo pega o celular e abre o aplicativo de táxi. — Achei que ia ficar discursando a noite toda.

— Retiro o que eu disse sobre o Gustavo — Manu comenta baixinho para mim. — Ele consegue ser bem irritante.

CAPÍTULO 4

A festa não é para qualquer um. Os convidados só ficam sabendo do local da festa poucas horas antes de começar. Como se fosse um clubinho secreto, quem não é convidado só ouve as fofocas depois e morre de curiosidade para saber o que de fato rola. Manu disse que eu sou uma menina de sorte por ter sido escolhida para a República das Loucuras e que com certeza poderei me gabar por ter sido convidada para essa festa na primeira semana de aula.

Começo a ficar empolgada e apreensiva. Não sei o que esperar, já que meu currículo de festas não é dos mais extensos. No primeiro ano do ensino médio, quando todas as garotas mais legais davam festas de quinze anos, eu não fui convidada para nenhuma. Ah, e isso não tem nada a ver com uma possível vingança pela minha própria comemoração, pois só faço aniversário no final do ano.

Na época, eu nem quis comemorar porque não teria quem convidar além da minha melhor amiga, a Amanda. Ou seja, a pessoa que sentava comigo no recreio. Nunca fomos de falar muito sobre nós ou sobre nossa família. Eu brincava que a nossa amizade dava uma pausa nas férias. Cada uma ficava em seu mundinho particular e não tínhamos contato durante o verão. Então agora que tenho amigos e convites para festas exclusivas, bom... não tem como não ficar animada.

Pegamos um táxi até o local. Gustavo é quem dá as coordenadas confusas para o pobre motorista, Manu se concentra em mandar algumas mensagens no celular, e eu só olho pela janela, pensando no que encontrarei por lá.

Quando descemos do táxi, reparo que estamos na frente de uma casa silenciosa, com muros altos e um jardim bem cuidado.

— É aqui? — pergunto para Gustavo, decepcionada. Ele dá um sorrisinho malicioso para Manu, e ela corresponde.

— Na minha primeira festa aqui eu fiz a mesma pergunta — ela explica. — Não se deixe enganar pelo que vê aqui na frente. — E aponta o jardim. — As coisas esquentam mesmo é lá atrás.

Gustavo mostra a pulseira para uma espécie de segurança que está na entrada. Ele verifica e aciona um botão que faz um portão abrir. Gustavo espera enquanto Manu e eu fazemos o mesmo, mostrando cada uma sua pulseira cor de rosa neon que diz "VIPS — A Festa Mais Louca", e então faz um sinal para o segurança. O portão se fecha.

— Preparadas, garotas? — Assentimos. — Essa vai ser a melhor de todas!

Ao contrário do que eu pensava, não vamos entrar na casa. Seguimos Gustavo por um pequeno corredor que vai para os fundos, e finalmente consigo escutar algum barulho. O caminho é escuro e apertado.

Sinto a umidade quando meu braço roça a parede. Acho que aquele não é o principal acesso ou então estamos indo para algum lugar mais escondido. Quando o corredor acaba, eu fico impressionada. Aquele lugar é maravilhoso e já está cheio de gente.

— Chegamos na hora certa — observa Gustavo.

O lugar é enorme e tem uma piscina contornada por um deque de madeira. Do outro lado, uma área fechada que possui churrasqueira, mesa de sinuca e um DJ, que comanda a picape com um remix de música eletrônica e funk.

A festa até pode ser exclusiva, mas muita gente foi convidada. Reconheço algumas pessoas do bar, mas não lembro os nomes da maioria. Caminhamos até uma parte com alguns sofás e várias pessoas sentadas. Algumas até mesmo em cima de outras.

Gustavo cumprimenta um cara sentado entre duas garotas.

— Daí, Cauê!

— Pô, Gustavo, demorou, hein?! — O cara que o Gustavo chamou de Cauê o repreende e só depois percebe que nós duas estamos ali também. — Oi, Manuela! — Manu não responde. Desvia o olhar e na mesma hora caminha até um grupo mais afastado. Cauê ignora e então se volta para mim. — Quem é a novinha? — pergunta para Gustavo, como se eu fosse uma mercadoria. Isso chama a atenção das garotas ao seu lado, que se viram para me olhar da cabeça aos pés. Elas estão com uma expressão anuviada. Olhos semicerrados, como se estivessem com sono.

Gustavo passa um dos braços por cima dos meus ombros e num tom um pouco menos amistoso responde:

— Essa é a Alina, mas pode tirar o olho, ok?

— Ahhh, ela já tem dono, é? — Cauê sorri como se já tivesse entendido.

— Não, ela não tem dono. — Gustavo me conduz para longe dali, mas se vira para completar: — Só não é para o seu bico.

Não vejo a reação de Cauê, mas depois do tom que o Gustavo usou imagino que não seria muito positiva. Caminhamos em direção às bebidas, e Manu também deixa o grupo com o qual fingia conversar e nos acompanha. Ela agora está bem menos animada. Um pouco pálida e com uma expressão triste.

— Você tá bem? — pergunto, preocupada.

Manu olha para mim, franzindo a testa, como se por um momento não me conhecesse, mas então seus olhos mostram reconhecimento e ela responde:

— Sim — diz com um sorriso forçado, levanta um copo que já tem em uma das mãos e completa: — Tô muito bem!

Olho para Gustavo em busca de uma explicação, mas ele está ocupado vasculhando um dos freezers em busca de cerveja. Quando encontra, pergunta se eu quero alguma coisa. Faço que não com a cabeça, ainda pensando na reação da Manu. Ela bebe um gole do que tem em seu copo, o líquido tem uma cor estranha, parecida com xixi, e eu fico enjoada. Seja lá o que for aquilo ali, deve ser muito ruim.

Talita e Bernardo nos encontram, e isso parece aliviar a tensão. Eles também trazem uma pulseira cor-de-rosa no pulso e me pergunto se, assim como eu, só estão ali por causa do Gustavo.

Sinto uma cutucada no ombro e me viro instintivamente. Lá está uma das últimas pessoas que eu esperava encontrar naquele lugar: Luana, a viciada em jogos.

— O que você tá fazendo aqui? — pergunto com os olhos arregalados.

— Eu é que deveria fazer essa pergunta, você tá na minha casa. — Ela cruza os braços, sorridente.

Estou na casa dela? Ergo as sobrancelhas, impressionada.

— Não é como se eu tivesse muito para onde ir — ela continua, percebendo minha expressão. — Como agora estou na faculdade, meu irmão acha que a gente pode se aliar e dar festas enquanto nossos pais estão viajando. Não há nada que eu possa fazer. — Ela dá de ombros. — E você?

— Fui convidada pelos meus amigos da república — explico. — Nem sei muito bem o que estou fazendo aqui, eles me arrastaram.

— Achei estranho mesmo — ela concorda e olha para a piscina assim que várias pessoas começam a ser jogadas ali. — Geralmente os calouros não têm acesso a essas festas, só ficam sabendo das fofocas depois. — Então se vira para mim e completa: — Muito menos calouros de Engenharia da Computação.

Sorrimos ao pensar nos nossos colegas de classe, mas garanto que não ficamos com pena.

— Queria ter convidado as meninas, mas meu irmão disse que eu ainda não tenho esse direito. Não insisti porque não sabia se vocês realmente viriam. Na verdade, foi um alívio quando vi você aqui. Não conheço ninguém além dos amigos do meu irmão, mas eles me tratam como uma pirralha. — Luana cruza os braços e suspira. — Não posso nem contar com ele, porque está sempre ocupado demais com as garotas da vez. — Ela então faz um gesto com a cabeça em direção ao sofá onde Cauê e as duas meninas estavam.

Ela é irmã daquele cara? Sinto calafrios só de pensar.

— Oi, Luana! — Manu cumprimenta, se aproximando.

— Oi! — Ela sorri animadamente e abraça minha amiga. — Quanto tempo!

— Sim, bastante. Andei meio ocupada com umas coisas.

— Que pena, sinto sua falta.

— Vocês se conhecem? — Olho de uma para outra, confusa.

— Sim, a Manuela era... — Luana começa a responder, mas Manu a interrompe:

— A gente se conhece desde o ano passado, amigos em comum. — Ela se certifica com um olhar que Luana vai concordar.

— Isso, amigos em comum — repete minha colega de sala.

— Mas e vocês duas, se conhecem? — Manu devolve a pergunta para mim.

— Somos da mesma turma — respondo.

— Uau, você realmente foi pra Engenharia da Computação, então? Vai tentar fazer aqueles jogos malucos?

Luana confirma, orgulhosa, mas antes que pudesse falar mais alguma coisa Talita aparece e insiste para irmos dançar.

— Depois vocês colocam a fofoca em dia — ela diz e nos empurra em direção a uma pista de dança improvisada próxima ao DJ à beira da piscina. — Agora é hora de ir até o chão!

— Ela é a louca do funk — Manu sussurra baixinho para mim, mas Talita escuta.

39

— Sou mesmo — confirma. — Agora vamos logo!

Ela dá um tapa na minha bunda, e eu olho assustada para Manu, que acha graça da situação. Luana dá de ombros e segue Talita. Provavelmente já está acostumada com o ritmo dessas festas. Ela começa a dançar, e todas as outras também.

Eu paro antes de entrar no meio das pessoas que estão dançando e rebolando. Queria não ter vergonha de dançar como elas. Mas fico só olhando para todos sem saber o que fazer e com medo de parecer desajeitada.

Continuo sozinha ali por algum tempo, tentando decidir o que fazer, e resolvo que não tenho coragem de ir até elas. Olho ao redor e percebo que Bernardo e Gustavo estão mais afastados, conversando com um rapaz que eu tenho quase certeza de que Manu me apresentou no bar, mas não faço ideia de como se chama.

Quando ele se afasta, decido ir até os garotos. Já estou deslocada o suficiente sendo a única pessoa que não está bebendo, ficar parada sozinha não vai aumentar a minha popularidade. Antes que eu me aproxime, eles me notam.

— Se perdeu das garotas? — Bernardo pergunta num tom brincalhão.

— Perdi todas elas no meio daquele pessoal dançando. — Faço uma expressão de desconforto e indico as pessoas que agora estão pulando ao som de uma música eletrônica que eu tenho certeza de ser a mesma que meu irmão ouviu o verão inteiro.

Bernardo parece ter percebido só agora que a Talita está dançando porque olha com preocupação para a namorada. Ela parece não estar nem aí para as outras pessoas: pula, dança e sorri para as meninas.

— Não gosto quando ela fica rebolando no meio dos caras — confessa. Ele cerra o maxilar e ganha uma expressão tensa. — Olha lá como eles tão babando em cima! — Ele faz menção de ir até lá, mas Gustavo o segura.

— Cara... — Ele tenta acalmar o amigo. — Ela tá só dançando...

— Aquilo não é dançar — rosna Bernardo. — A Manu é solteira e pode fazer o que quiser. Mas, pô, a Talita?

— Ela continua podendo fazer o que quiser — Gustavo diz com a maior naturalidade. — Você não é dono dela.

Bernardo engole em seco e joga a lata de cerveja que tinha nas mãos no muro atrás de si, assustando a todos que estão por perto. Eu fico apreensiva, cruzo os braços e olho para Gustavo. Não tenho coragem de fazer qualquer comentário, mas ele percebe o meu comportamento e faz um gesto para que eu me acalme também.

Bernardo respira fundo, coloca as mãos na cintura e olha mais uma vez na direção das meninas, que agora estão improvisando uma coreografia.

— Tudo bem — ele diz por fim, agora mais triste do que irritado. — Você tem razão.

O universo tem o timing perfeito, porque nesse mesmo momento a música alegre é substituída por um hip hop e as garotas desistem de dançar. Manu aponta a nossa direção, e ela e Talita vêm caminhando enquanto Luana segue para as bebidas.

— Não acredito que você saiu fora, Alina — Manu me repreende, um pouco sem fôlego, quando chega.

— Eu não sei dançar — respondo com desânimo.

— Alina... — diz Manu e então me segura pela cintura. — Você só precisa mexer essa parte no ritmo da música e o resto acontece. Assim ó...

Ela me solta e começa a dançar sozinha de olhos fechados acompanhando a música que está tocando. Todos observamos, e Talita tenta imitá-la. Isso só deixa Bernardo ainda mais chateado. Quando as duas terminam de dançar começam a rir e dão um high five no alto.

— *Partners in crime*! — Talita exclama.

— Com certeza — Manu confirma.

E só então Talita percebe a expressão de Bernardo. Ela franze a testa, caminha até o namorado e coloca as mãos ao redor do pescoço dele.

— O que foi, amor? — Ela pergunta baixinho, mas todos nós escutamos e trocamos olhares constrangidos.

— Nada — ele responde, triste, mas tenta dar um sorriso forçado. O que só piora a situação. — Vou no banheiro.

Ele se desvencilha dos braços da namorada e nos deixa. Talita encara, atônita, enquanto Bernardo caminha para o banheiro e se perde no meio das pessoas. E então olha para nós.

— Eu fiz alguma coisa? — pergunta para ninguém em especial.

— Não — Gustavo responde. — Ele que tá irritadinho hoje.

— Vou atrás — ela decide.

— Talita... — Gustavo até tenta impedir, mas ela sai correndo. — O Bernardo vai acabar perdendo a namorada por causa disso. — Gustavo balança a cabeça, olhando para a cerveja e enfim dá um gole.

— Ciúme de novo? — Manu pergunta, e Gustavo confirma. — Esse garoto não aprende? Que saco essa insegurança o tempo todo. — Ela parece decepcionada. — Tão legal, mas tão machista em algumas coisas... Tenho que dar uns toques na Talita novamente.

— Eu tô dando uns toques nele — Gustavo defende o amigo. — Aos poucos ele vai caindo na real.

Manu apenas revira os olhos e cruza os braços, cética. Luana se junta a nós novamente, ela está equilibrando uma jarra com um líquido rosa em uma mão e alguns copos pretos em outra.

— Vocês precisam experimentar! — diz para nós duas.

Observo o líquido rosa que mais parece uma batida de morango sem álcool que eu costumava tomar na casa dos meus pais e me pergunto por que estariam distribuindo isso em uma festa de faculdade.

— O que é? — pergunto.

— Batida de morango com vodca — ela responde com um sorriso. — É uma delícia!

— Hum... eu não bebo — tento recusar, mas confesso que fico com vontade de experimentar. Meu trauma com bebida veio daquela cerveja horrível, mas esse negócio parece gostoso.

— Mas não tem gosto de álcool, você nem vai sentir — ela garante e me oferece o copo que acabou de encher.

— Foi você que preparou? — pergunta Manu, preocupada, indicando a jarra.

Luana franze a testa e confirma. Manu assente e tem de novo a expressão tranquila. Luana olha para mim, empurrando mais uma vez o copo, insistindo para que eu experimente.

— Sério, toma um gole — Luana insiste. — Se não gostar, pode deixar que eu bebo o resto.

Olho para Manu em busca de mais um conselho, mas ela apenas dá de ombros. Eu desisto. A curiosidade fala mais alto e tomo um gole com cuidado, com medo de cuspir tudo. Mas não acontece. Fico surpresa com o gosto da bebida, se parece muito com a batida que a minha mãe preparava, e o álcool eu só consigo sentir no finalzinho. Uau. É gostoso.

— É muito bom — digo para Luana e volto a tomar mais um pouco.

— Ih, lá se foi mais uma caloura — Manu comenta para Gustavo e depois leva à boca um dos copos que Luana ofereceu.

Os três riem e eu me junto. Talvez eu já não me sinta mais tão deslocada.

— Só falta dançar — relembra Luana.

— Verdade! — Manu concorda.

— Ah, não... — Pareço uma criança manhosa, mas realmente não acho que eu tenha habilidade e desprendimento necessários para rebolar na frente dos outros. — Tem muita gente olhando. — Aponto todas aquelas pessoas ao redor.

Eles dão uma conferida e voltam a me encarar.

— Quem liga? — pergunta Manu.

— Nossa, eu não tô nem aí — completa Luana.

Ela deixa a jarra vazia sobre uma das mesas e volta para me puxar.

— Vamos lá — convida. — Você não pode ir embora sem dançar.

Respiro fundo. Tomo o que havia sobrado da batida no meu copo e não sei se foi por isso ou por um lapso momentâneo, mas me vejo simplesmente aceitando.

— Ei, toma cuidado aí... — Gustavo avisa enquanto sigo para a pista de dança, e sorrimos um para o outro.

Logo em seguida já estou dançando no meio de todas aquelas pessoas de quem eu estava com vergonha. Tento acompanhar o ritmo, começando com movimentos discretos com os pés e braços para então evoluir até coreografias conhecidas.

Não sei quanto tempo ficamos por lá, nem lembro quantas músicas já tocaram. Na verdade, eu não fazia ideia que poderia aguentar dançar tanto, afinal, eu nunca havia feito isso além dos limites do meu quarto. Acho que aquele suquinho gostoso com certeza tem culpa.

Quando estou no terceiro copo, alegre e dançante, decido ir até Gustavo para convidá-lo para a pista — ele continua lá parado em uma roda de caras, bebendo aquela cerveja sem graça, e nem parece estar se divertindo. Vou até ele, pego sua mão e começo a puxá-lo para que me acompanhe. Ele estranha a minha alegria exagerada e pergunta se eu estou bem.

— Estou ótima! — respondo animada demais. — Nunca me senti tão bem! Vem, vem! Vamos dançar!

Gustavo me para e estuda o meu rosto; eu sorrio meio abobada, jogando meus braços sobre o ombro dele.

— Só uma! — peço com biquinho.

Ele revira os olhos, provavelmente chegando à conclusão que é inútil discordar de alguém no meu estado. Eu poderia voar. Bom, voar não, mas tropeço nos pés quando volto a andar na direção da música. Felizmente, Gustavo me segura, impedindo que eu dê de cara no chão.

— Opa! — digo, rindo. — Acho que aquela batidinha tá me deixando um pouco leve demais.

— Eu tô vendo. Acho melhor a gente se sentar um pouco, que tal?

Eu não lembro se chego a responder, mas quando percebo, estou sentada em um daqueles sofás, com os fortes braços do Gustavo ao meu redor. Quem diria, hein? Ele acaricia meu ombro com a mão esquerda e está tentando me oferecer um pouco de água.

— Só mais um pouco — ele encoraja.

— Humm... — Eu fecho os olhos.

— Ei, Alina — ele me chama. — Você não vai querer que a galera comece a zoar você depois, né?

Quê? Que galera?

Eu abro os olhos e ele volta a colocar o copo na minha boca. Eu bebo um gole e viro o rosto.

— Boa menina.

— O que ela tem? — Escuto a voz de Luana.

— Ela bebeu e acho que não está acostumada.

— Foi aquela batida. — Agora é a voz da Manu. — Tem certeza de que foi você mesma quem preparou, Luana?

— Sim, por quê?

— Nada. — O tom de voz da Manu é seco, mas eu não consigo identificar direito o que está acontecendo. Meu cérebro parece ter virado mingau.

— Não é melhor deixar ela dormir aqui? — Luana pergunta. Eu ainda não consigo abrir os olhos. — Ela pode ficar no meu quarto.

— Não mesmo — corta Manu. — Ela vai pra casa com a gente. E acho melhor a gente ir agora. Essa festa já deu o que tinha que dar.

Depois disso eu não me lembro de muita coisa. Entrei num carro. Alguém me levou pela escada. Bati a cabeça na entrada do quarto. Alguém ficou acariciando o meu cabelo. Ou eu sonhei isso tudo?

Só acordei no outro dia e queria não ter feito isso.

CAPÍTULO 5

Estou na pior. Tento abrir os olhos, mas a luz que passa entre as cortinas abertas quase faz minha cabeça explodir. Consigo cobrir o rosto com o lençol. Muito devagar. Tudo dói, a cabeça principalmente. Que droga.

Eu me sinto um pouco enjoada, então tento me levantar para ir ao banheiro. Aos poucos, avaliando o equilíbrio e o meu cérebro, que parece estar descolado e sambando dentro do crânio.

Consigo ficar em pé. Comemoro mentalmente. Me arrasto até a porta do quarto e respiro profundamente, tentando me concentrar para não vomitar ali mesmo. O desafio de descer as escadas parece mais difícil do que quando precisei subi-las com a mala.

Preciso prestar atenção, porque estou bem desequilibrada, como se eu ainda estivesse bêbada. Será que ainda estou? Com um pouco de esforço consigo chegar ao último degrau, e todos notam a minha presença.

— A princesa acordou — anuncia Manu. — Achei que precisaria trazer um príncipe encantado para o beijo.

Eu respondo com uma careta.

O cheiro da comida me invade e agora tudo fica mais urgente, inclusive o monstro que está no meu estômago louco para sair pela boca. Vou correndo como posso até o banheiro.

A dor de cabeça não está fácil e muito menos a ressaca moral. Quando volto para a cozinha, todos exibem sorrisinhos divertidos e acusadores. Eu sento no chão, me encosto no balcão da pia e fecho os olhos. Poderia ficar ali para sempre.

— Nunca mais vou beber! — Minha voz não é mais alta que um sussurro.

Todos caem na gargalhada. Minha cabeça dói ainda mais com o barulho. Faço uma careta e abro os olhos para encará-los.

— Parabéns, esse foi o seu primeiro porre — Manu fala como se eu devesse sentir muito orgulho de estar naquele estado. — Quando tive o meu, eu queria me esconder pelos próximos dez anos. Foi bem ridículo e vergonhoso. Você nem passou tanta vergonha assim.

Tento me lembrar de algo da noite passada, mas a última coisa de que me recordo é dançar e gostar. Eu, Alina, dançando e... achando divertido. Aí acordei na minha cama e não faço ideia de como fui parar lá.

— E eu deveria ter vergonha de alguma coisa? — pergunto com medo da resposta.

— Você nem fez nada demais — Talita me tranquiliza enquanto passa manteiga em uma torrada. — Na verdade, você se comportou como uma pessoa normalmente se comporta em festas. É claro que a parte de sair carregada não é normal, mas quase ninguém viu — ela conclui, como se isso não fosse nada demais.

— Ai, que droga! — exclamo envergonhada, e escondo meu rosto com as mãos.

— Eu, sim, já passei vergonha — Talita continua. — Uma vez caí na piscina e depois não consegui sair, tiveram que ir me salvar. — Eu a encaro, preocupada. — A piscina tinha 50 centímetros de profundidade, era uma de plástico pra colocar as cervejas no gelo.

— Ela realmente não conseguia levantar — Gustavo confirma, rindo. — Foi a festa mais rápida da minha vida. Durou menos de uma hora porque a Talita tomou cinco shots seguidos de tequila. Na época, não tinha o Bernardo para tomar conta dela e trazer pra casa. Ou seja, sobrou pro amiguinho aqui — ele conclui e aponta para si mesmo com o polegar.

— Você sabe que eu te amo por isso até hoje né, Guto? — Ela passa um dos braços pelas costas dele dando um beijo em sua bochecha, então se vira para Bernardo. — Também amo você, amor — diz enquanto se joga em cima do namorado, que quase se engasga com uma das torradas que ele tinha acabado de colocar na boca.

— Eu também, amor — ele responde em meio à tosse. — Só não precisa me matar.

— O meu pior porre foi no trote de Comunicação — Manu começa a contar o seu grande feito. — O lugar tinha uma árvore e eu subi em um galho no alto e fiquei gritando "Eu sou a Jane! Tarzaaaaaan, cadê o meu Tarzaaaaan?". Foi vergonhoso.

— Eu tenho o vídeo! — Gustavo grita ao levantar o celular. — Lembro que recebi em todos os grupos da faculdade.

Manu fica apavorada e tenta confiscar o aparelho. Ele desvia das mãos dela. Manu pode até ser alta em seus um e setenta de altura, mas Gustavo tinha quase um e noventa, é óbvio que ela não alcançaria.

— Eu não acredito que você ainda tem esse vídeo! Exclui isso, por favor! — Ela implora.

— É claro que não. — Ele ri, como se ela fosse louca por sugerir uma coisa assim. — Vou passar esse vídeo no seu casamento, enquanto estiver fazendo o discurso de padrinho.

— Eu mato você! — Ela parte para cima dele, estapeando-o sem querer de fato machucar. Quando finalmente desiste, ele vasculha o celular e o áudio vaza pelos autofalantes:

— EU SOU A JANEEE — a voz de uma Manuela bêbada invade a cozinha. — TARZAAAAAAAN, CADÊ O MEU TARZAAAAAN?

Todos caem na gargalhada e é a vez da Manu colocar o rosto entre as mãos.

— Isso já faz dois anos — ela observa. — Hoje sou uma mulher sensata. Afinal, já tenho vinte anos — destaca a idade com o queixo levantado, e olha para mim e aponta. — E por que você está rindo? Aposto que vamos ter uma cena sua em breve.

Eu balanço a cabeça em negativa.

— Eu nunca mais vou beber.

E eles caem na risada novamente.

— É claro, é isso que todos dizem — ironiza Gustavo. — Só toma cuidado porque da próxima vez eu talvez não esteja lá pra ajudar.

— Você? — pergunto na dúvida. — Eu não me lembro de nada depois que comecei a dançar...

Todos se olham cúmplices.

— Ah, você dançou — Talita brinca. — Dançou como nunca, era a que mais dançava! Até foi puxar o Guto aqui pra dançar também...

Olho para Gustavo e ele confirma com a cabeça e um sorriso malicioso no rosto.

Não acredito!

Parabéns, Alina, já começa pagando mico na frente do cara mais gato que já viu na vida.

— O que eu dancei? — Estou ficando com medo de ouvir aquelas respostas, mas é melhor saber tudo de uma vez.

— Você se divertiu com o funk. *Chão, chão, chão, chão...* — Manu se empolga e todos fazem coro. — Eu não entendo até agora como não caiu enquanto ia até o chão e voltava.

— Eu não fiz isso — eu digo, torcendo para que aquilo seja uma brincadeira e encaro cada um procurando algum vestígio de mentira.

Ninguém nega.

Acho que vou me esconder no meu quarto eternamente.

Enquanto encaro os papéis espalhados pela escrivaninha, me pergunto por que diabos eu não fiquei em casa ontem à noite. Teria evitado esse vexame e com certeza já teria feito metade dos trabalhos.

Ah, ok, não me arrependo completamente.

Até que foi legal.

Uma música do Maroon 5 começa a tocar e então procuro o celular na bagunça do quarto. Eu não sei como ele chegou a ficar neste estado de calamidade pública, mas terei que dar um jeito nisso o mais rápido possível.

Encontro o aparelho debaixo da cama, deve ter caído da minha bolsa, que está aberta no chão. Confiro a tela e percebo que é a minha mãe. Agradeço mentalmente por ela não poder ver o meu estado atual.

— Oi, mãe! — cumprimento, animada demais.

— Alina? Não tive mais notícias suas, fiquei preocupada!

Fico com peso na consciência. Com tudo que havia acontecido, eu me esqueci completamente de dar sinal de vida para os meus pais. A última vez que falei com ela foi no primeiro dia. Telefonei para avisar que havia chegado bem e que as pessoas da república pareciam legais.

— Desculpa, mãe — lamento sinceramente enquanto me sento na cama. — É muita coisa acontecendo, e eu estou quase ficando louca.

— Eu entendo, querida. Só queria realmente saber se você está bem. Sinto sua falta.

— Eu também! — falo a verdade. — O pessoal aqui é muito legal, mas também é muito diferente. Ainda estou me acostumando. — Lembro da noite anterior e fecho os olhos com vergonha. — As coisas são difíceis.

Fico na dúvida se conto como foi a primeira semana de aula, mas decido deixar para lá. Não há motivos para incomodar a minha mãe com isso.

— Você vai se sair muito bem, querida — ela me conforta. — É extremamente inteligente e tem a cabeça boa. Vai dar tudo certo.

— Obrigada, mãe! — agradeço, controlando a voz embargada, os meus olhos começando a ficar marejados.

— Bom, eu preciso desligar. Estou fazendo um bolo de cenoura e acho que está quase queimando. — Meu estômago responde à lembrança deliciosa do bolo de cenoura que só ela sabe fazer. — Sua tia vem aqui com seus primos.

— Ah, tudo bem — falo, um pouco triste com a lembrança. — Preciso voltar a estudar, os trabalhos estão puxados e tenho várias coisas para entregar na próxima semana.

— Vai dar tudo certo — ela encoraja. — Tchau, filha.

— Tchau, mãe! Te amo.

— Eu também te amo. Não se esqueça de ligar mais vezes, principalmente para o seu pai. Ele perguntou de você a semana inteira e reclamou que não fala com ele.

Meu pai. É claro. Se ele já queria conhecer a república e todos os moradores da casa, imagina se eu não ligo a semana inteira? Deve estar achando que fui raptada.

— Pode deixar. Eu ligo pra ele logo.

Quando desligo o telefone, me sinto profundamente triste. Sinto falta da minha família e da minha casa antiga. Não sinto falta da Alina de alguns meses atrás, mas de momentos legais que eu passei na casa dos meus pais.

É bem legal essa coisa toda de independência, poder fazer o que quiser sem dar satisfação ou não ter meus pais sempre dando opinião. Mas agora, aqui, sozinha, depois de uma semana vivendo essa nova realidade, caiu a ficha de que nem tudo é mil maravilhas.

Talvez o porre de ontem tenha feito eu me sentir ainda mais culpada, afinal, isso aconteceu logo na minha primeira semana longe de casa e depois de ficar uma semana sem ligar para os meus pais. Eu sei que a maioria das pessoas nem dá bola para isso, mas não consigo parar de pensar que foi um pouco injusto. Meus pais investindo na minha vida aqui, me apoiando em tudo que decidi fazer, e eu aproveitando *dessa* forma.

Respiro fundo e começo a recolher a bagunça espalhada pelo quarto. Quando fico estressada, arrumar as coisas me acalma, e eu consigo pensar melhor. Depois de algum tempo, quando está tudo mais ou menos arrumado, eu me concentro novamente na tela do notebook. Está na hora de ser um pouco mais responsável e terminar esses trabalhos.

Hoje a Manu não vai conseguir me tirar de casa.

CAPÍTULO 6

Na segunda-feira, todo mundo já sabe de tudo que rolou na festa, ou quase tudo, graças a uma página anônima no Facebook que publica os segredos universitários. Várias confissões estranhas e reveladoras já começaram a aparecer, e todos morrem de curiosidade para saber quem é o criador da página. Eu me senti como se estivesse naquele seriado, *Gossip Girl*.

É claro que a maioria das postagens são de veracidade duvidosa, mas é inevitável não ler as fofocas e discutir sobre elas. É até divertido.

A página é bem recente e já tem mais de cinco mil seguidores. Como ela não vem na cartilha que é entregue aos calouros no início do semestre, só fico sabendo da sua existência quando Luana me conta durante a aula de Cálculo.

— Meu irmão que me falou — ela admite. — E comecei a seguir na hora. Tem relatos de todos os tipos.

Como estou bastante curiosa, começo a seguir logo depois que Luana me conta. É divertido acompanhar as publicações e os comentários. As pessoas realmente adoram uma fofoca.

— Falaram da festa de sexta! — Luana anuncia ao receber uma notificação no celular. Levo um susto porque estava concentrada, tentando resolver uma equação difícil, e fico apreensiva ao pensar no que pode ter ido parar na página de fofocas, mas ela me tranquiliza dizendo que é só mais alguém falando que a festa foi bombástica, como sempre, e que é uma pena para quem não tem contatos o suficiente para participar.

— Agora que eles vão se achar — ela comenta.

Quando pergunto a quem ela está se referindo, Luana me olha como se eu tivesse perguntado de que cor é o céu.

— Às vezes esqueço que somos calouras. — Ela balança a cabeça. — Bom, o meu irmão, é claro, e os amigos da Atlética de Medicina: o Gustavo, o Artur, o Bruno... Eles se acham o máximo por organizar as festas mais populares.

O comentário dela sobre o irmão me faz ter calafrios. Fico incomodada só de lembrar como ele havia me secado na festa. É por isso que ver o nome dele relacionado ao do Gustavo é estranho. O Guto é muito diferente. Tão legal e divertido. Não seria capaz de se comportar daquele jeito. Até mesmo quando faz algum tipo de piada não ofende, como o olhar ou as palavras do Cauê.

— Eles são amigos há muito tempo? O seu irmão e o Gustavo? — pergunto em voz baixa, tentando não chamar atenção, mas a professora de Cálculo percebe a conversa e agora nos olha com cara feia.

— Ah, não sei se são amigos de verdade. — Ela dá de ombros.

— Eles eram grudados até o ano passado, mas aconteceu alguma coisa e ficaram estranhos. De fora você até pode pensar que são amigos, mas acho que eles apenas se toleram em público.

Julia vira para trás e está com uma expressão muito séria. Por um momento eu penso que ela vai mandar a gente calar a boca, mas ela simplesmente quer participar da conversa.

— Fiquei sabendo que vocês foram na festa de sexta.

Nós duas concordamos com a cabeça.

— Tecnicamente eu não fui. Eu já estava. A festa foi na minha casa — Luana responde enquanto finge que está fazendo alguma anotação no caderno.

— E convidou a Alina? — Julia devolve, ofendida. — Podia ter convidado a gente também, né?

Ela parece estar chateada de verdade.

— A Luana não me convidou — retruco. — Um garoto que mora comigo é um dos organizadores da festa. Só fui parar lá por pura pressão.

Julia me encara, cética, como se não acreditasse que eu realmente precisava de pressão para ir a uma das festas mais importantes da faculdade.

— É sério — eu tento convencê-la.

Ela dá de ombros e vira novamente para a frente, mas tenho certeza de que ainda está chateada. É daquele tipo de pessoa que não consegue esconder as emoções, então mesmo que tente disfarçar, todo mundo sabe o que está sentindo.

— Tenho certeza de que vocês vão conseguir se sair muito bem na prova da semana que vem, não é, Alina? — pergunta a professora com os braços cruzados. Por um segundo eu me sinto no ensino médio, sendo julgada por todos na sala. Os outros alunos me encaram com um sorriso satisfeito no rosto.

— Isso que dá deixar mulher entrar em curso de exatas — sussurra um deles à minha direita. — São umas fofoqueiras que não param de falar.

Os caras começam a rir com o comentário *genial* do idiota. Olho com irritação, mas ele só sorri debochado em resposta.

Fico triste por decepcionar uma das únicas pessoas que me dava algum crédito naquele curso, mas estou com ainda mais raiva e pronta para revidar.

— Com certeza — eu respondo cheia de confiança para a professora.

Julia e Luana me encaram, franzindo a testa, mas eu faço um sinal positivo para as duas e volto a dedicar minha atenção para as anotações do caderno.

Posso até não ter lá muita desenvoltura como a Manu, mas sei ser competitiva. Vou mostrar para eles quem é que merece estar aqui.

Quando chego em casa, Manu, Talita e Bernardo estão falando sobre a página de fofocas da universidade. Manu está disposta a criar algo bem criativo para receber muitas curtidas.

Eu deixo a bolsa cair no chão e me jogo no sofá enquanto observo o que estão planejando.

— Acho que a gente poderia contar algo que aconteceu no ano passado — Talita sugere. Ela está deitada com a cabeça em cima do colo do Bernardo, com o celular nas mãos.

— Algumas coisas todo mundo vai saber que sou eu — argumenta Manu, andando de um lado para outro.

— Publicaram uma coisa nova — Bernardo avisa depois de receber uma notificação e começa a ler:

#107 As garotas estão se achando demais. Na festa de abertura de semestre na sexta todas ficaram de cu doce. Parem de achar que são as últimas bolachas do pacote. Cuidado, se perder a chance ninguém mais vai te querer.

— Nossa, que escroto. — Manu fica irritada.

— Eu gosto mais quando é algo engraçado — Bernardo comenta, passando a mão pela cabeça raspada. — Teve um que falou que tinha vergonha de espirrar dentro da sala e por isso sempre ia correndo para o banheiro. Todo mundo deve pensar que ele tem diarreia.

Todos riem. Também começo a pensar em algo que eu enviaria para página, mas desisto. Não estou há tanto tempo na universidade para ter alguma história interessante para contar ou reclamação para fazer.

Algumas pessoas estão aproveitando o espaço para publicar reivindicações ou fazer comentários maldosos que não têm coragem de assumir a autoria. Não vai demorar muito para que as coisas saiam do controle.

Meus devaneios são interrompidos quando Gustavo entra pela porta com um jaleco branco em uma das mãos e a outra prendendo a alça da mochila nos ombros.

— Reunião de condomínio? Motim de rebelião?

— Estamos só conversando sobre a página de fofocas — a Manu explica.

— Ah, isso. — Gustavo dá de ombros. — Achei engraçado no início, mas logo vão surgir *confissões* pesadas e a coisa vai ficar feia. Querem apostar?

Ele se senta ao meu lado e suspira de cansaço.

— Falaram da festa — Bernardo avisa. — Vai ficar ainda mais famosa do que já é.

— Desde que não comecem a vazar as informações que são realmente secretas, tudo bem.

— Mas é para isso que a página existe — Manu interrompe sem tirar os olhos do celular, ela está realmente viciada. — É uma página de fofocas. Dã. Acho que já sei o que enviar. — Ela comemora dando pulinhos.

Todos ficam curiosos, e Talita pergunta o que é.

— É um segredo. Claro que não vou contar — diz ela por fim, então sobe as escadas e some no piso de cima. Escuto uma batida, o que quer dizer que ela se trancou no quarto.

— A Manuela é louca — constata Gustavo. Ele balança a cabeça, recolhe suas coisas e também sobe as escadas.

Talita e Bernardo parecem achar que esse seria um ótimo momento para começarem a se pegar. Suspiro, pego a bolsa e também vou para o meu quarto.

Depois de umas duas horas revisando a matéria de Cálculo para a prova da semana que vem, uma cena se repete: Manu entra sem avisar no meu quarto. Quase pulo da cadeira, e, quando me viro para xingá-la, as palavras não saem da minha boca. Ela está chorando.

Enquanto Manu se joga na minha cama, vou até a porta do quarto para fechá-la. Ver a Manu chorando não está na lista de coisas que eu esperava ver um dia. Ela sempre me pareceu segura de si, uma daquelas pessoas que não precisam de ninguém.

— Talita e Bernardo estão trancados no quarto, e Gustavo saiu — ela avisa, tento não ligar para o fato de ser a última opção. — Eu... eu...

Os seus olhos se debulham em lágrimas, e ela abraça as pernas. Parece tão frágil e vulnerável! Manu está sem maquiagem, e os olhos castanhos sem o costumeiro delineado preto agora parecem muito menos fatais.

— O que aconteceu? — pergunto.

Ela ainda demora algum tempo para conseguir controlar os soluços e conseguir falar:

— Você se lembra daquele cara que eu fiquei na sexta, no bar?

— Eu não vi, mas sei que o Gustavo falou dele.

— Eu sou apaixonada por ele — admite. — Posso até aceitar esse relacionamento estranho em que os dois falam que não se importam, mas só falo isso para não parecer desesperada. Eu sabia que ele não queria nada mais sério. Mas eu quero. E entre ficar sem nada e ficar com uma parte, eu escolho uma parte. O problema é que ele sempre deixou bem claro que não poderia se envolver demais. Tinha acabado de sair de um relacionamento sério. Queria aproveitar um pouco... — Ela enxuga as lágrimas do rosto e dá um sorriso sinistro. — E eu aceitei. Ficava com outros caras, e ele com outras garotas. Estava tudo bem. — Ela dá de ombros. — Até que hoje ele assumiu um namoro. Hoje.

Ela me mostra a tela do celular: "Rafael Souza está em um relacionamento sério".

Uau.

— Parece que ele só não poderia namorar *comigo*, não é? — Ela pergunta sarcasticamente e então começa a dar socos no colchão. — Eu sou tão burra!

Manu abaixa a cabeça e começa a chorar de novo. Eu não sei o que fazer. Nunca tive que lidar com nenhuma crise de choro. Muito menos relacionada a desilusões amorosas.

O relacionamento mais longo que eu tive foi no segundo ano e durou exatos três dias. Durante dois dias a gente se beijava escondido atrás do colégio antes das aulas e durante o intervalo, e no terceiro ele disse que eu estava muito no pé dele e que precisava de espaço. Talvez estivesse se referindo ao espaço que eu ocupava atrás do prédio, porque na mesma semana eu fiquei sabendo que ele estava ficando com uma garota do primeiro ano. Nada que realmente me importasse, estava mais preocupada com as minhas notas.

É por isso que fico em dúvida se apenas coloco a mão no ombro da Manu em apoio ou se preciso dizer algo. Escolho a segunda opção.

— Ele é um idiota — digo com determinação.

Ela me olha seriamente.

— Ah, vá! Você acha que eu não percebi isso sozinha?

Eu abro a boca tentando pensar em como remediar a situação.

— Desculpa — ela diz. — Não preciso ser estúpida com você. É só que eu tô realmente puta da vida.

Penso que eu não teria chances caso estivesse na mesma situação. Se Manu que é tão confiante, bonita e divertida passa por uma coisa dessas, o que seria de mim? Deve ser por isso que não tenho nem um cara de quem poder reclamar.

Ela se levanta rapidamente da cama e não está mais chorando, mas com seu ar decidido tão natural nela.

— Chega! — diz ao olhar para mim. — Não preciso mais chorar.

— Por achar que ela está esperando uma resposta minha, concordo com a cabeça. — É isso aí. Vou sair hoje, é disso que eu preciso. Vamos sair em quinze minutos.

Opa, acho que não ouvi direito.

— Vamos? — pergunto, confusa. — Nós?

Ela ergue as sobrancelhas, como se isso explicasse tudo, e sai pela porta marchando até seu quarto. Eu encaro as anotações na escrivaninha, tentando encontrar uma desculpa, mas não encontro. Ela estava chorando. Eu não poderia falar que tenho alguns problemas de Cálculo para resolver e deixá-la sozinha.

Quando me vejo em pé na sala, pronta para sair, é que cai a ficha:

Manuela sempre conseguia me convencer a fazer tudo! Antes que eu pudesse desistir, e voltar para o quarto e estudar, ela desce as escadas saltitante.

— Vamos encontrar um cara muito gato pra você e alguma garota pra mim! Acho que não vou mais ficar com homens, eles não me merecem.

Ela entrelaça nossos braços e me conduz porta afora. Penso no que minha mãe diria se soubesse que estou indo para um bar em plena segunda-feira. Tenho que encontrar um estágio, a consciência pesada não vai me deixar sustentar esse hábito com o dinheiro dos meus pais!

CAPÍTULO 7

Manuela me arrasta para um bar diferente, também próximo da universidade. Tem uma decoração mais retrô, com algumas mesas de sinuca no fundo e uma banda tocando rock internacional em um palco improvisado.

Agradeço mentalmente por ela ter me lembrado de colocar um pouco de maquiagem, ia ficar deslocada se estivesse de cara limpa, já que todas as mulheres parecem ter combinado de usar batom vermelho.

Caminhamos até uma mesa dos fundos, próxima à mesa de sinuca. Um grupo de três pessoas já está sentado. Reconheço uma garota que a Manu havia me apresentado na sexta, infelizmente não lembro o nome e espero que ela volte a me dizer.

Os dois rapazes ao lado dela eu nunca tinha visto na vida. Um deles é bem magro e usa óculos que parecem maiores que seu rosto, mas quando ele sorri, até fica charmoso. O outro é mais reservado, tem os cabelos quase na altura dos ombros e um dos braços é fechado por tatuagens. O ar de mistério me faz ficar curiosa.

— Espera aí que vou pegar duas cadeiras pra vocês — diz o cara de óculos.

— O Caio é um amor... — Manu comenta. — Dani, você já conhece a Alina, né? — Ela fala para a garota, que confirma com a cabeça enquanto toma um gole de cerveja.

Sorrio em resposta, apesar da ansiedade. Agradeço telepaticamente pela repetição do nome.

— Eu não — diz o rapaz que a Manu chamou de Caio. Ele traz uma cadeira em cada braço.

Sentamos, e ela faz as apresentações.

— Caio. — O garoto de óculos, sentado novamente, sorri e me cumprimenta com uma piscada. — Willian. — Ela indica o rapaz de cabelo comprido. Ele me olha e assente com a cabeça, com uma cara de poucos amigos. Já começo a ficar agoniada com a falta de simpatia, parece que está fazendo questão de ser desagradável. — Bom, essa é a Alina. — Manu coloca um dos braços a minha volta e aperta o meu ombro. Novamente eu fico sem graça. — Minha caloura postiça.

Ela faz questão de sempre dizer que sou caloura. Isso reforça a imagem de sua mascote.

— Ah, a Manuela sempre adota um calouro — Dani declara.

— Eu só sou muito legal — Manu se defende, sorrindo com satisfação. — Não sou uma ótima amiga, Ali?

Eu concordo com a cabeça e também dou um sorriso para completar. Lembro que ela estava se desmanchando em lágrimas há pouco, não quero contrariá-la.

— Principalmente quando me carrega na segunda-feira para um bar — eu completo.

— Ela estava estudando, acreditam? — pergunta para a mesa como se aquilo fosse um absurdo. — Só um calouro mesmo para estudar na primeira semana de aula.

— É a segunda semana — eu a corrijo, percebendo que talvez soasse mesmo como uma caloura. — E desculpa se eu faço um curso *muito* difícil. — Digo tudo isso em um tom um pouco mais irritado do que realmente gostaria. Ela fica impressionada com a minha atitude, mas trata a declaração com desdém.

— Não vem querendo bancar a sabichona, ok?

— O que você faz? — pergunta Caio, parecendo interessado.

— Engenharia da Computação — respondo com orgulho.

Os quatro se entreolham e Dani declara:

— Manuela, você se supera.

— Sempre tento pegar casos mais difíceis a cada semestre — ela se enaltece.

Eu fico sem entender e ninguém parece estar com paciência alguma para explicar, porque logo depois eles entram em uma discussão sobre política e eu quase durmo.

Entediada com a conversa, desvio o olhar sem muito interesse para a mesa de sinuca ao lado. O casal que estava jogando até um minuto atrás deixa os tacos em cima da mesa e sai abraçado em direção ao bar.

Um rapaz pega um dos tacos e percebe que estou olhando.

— Ei, quer jogar?

Ele é moreno e bastante bronzeado, como se tivesse passado a maior parte do verão na praia. Não deve ser muito mais alto que a Manu e com certeza nem chega perto da altura do Gustavo. O cabelo é bem cortado, e a única coisa que pode ser considerada um descuido é a barba por fazer, mas tenho a leve impressão que é proposital.

— Hum, eu não sei jogar — respondo e desvio o olhar, tentando prestar atenção na conversa da mesa.

Manu, como sempre, não perde nada que acontece ao redor e me dá uma cotovelada nas costelas. Quando eu a encaro, contrariada, ela simplesmente abre bem os olhos como quem diz "tá esperando o quê?".

Como eu não respondo ela resolve entrar em ação:

— Acho que você pode ensinar pra ela — sugere para o garoto, piscando para ser sua cúmplice. — Ela já me falou que era doida pra aprender!

Ele sorri timidamente e abaixa um pouco a cabeça, esperando por uma reação minha. Fico sem jeito e não sei o que fazer. Não sou exatamente a especialista em flerte. Engulo em seco e resolvo encarar o desafio. Quando levanto da cadeira, Manu dá um tapa na minha bunda. Qual é a dessas pessoas que gostam tanto de dar tapa na minha bunda? Eu fecho os olhos, morrendo de vergonha de olhar para o garoto depois dessa cena, mas ele parece estar se divertindo.

— Eu realmente sou péssima — aviso.

— Que bom que sou um ótimo professor.

Eu levanto as sobrancelhas em desafio.

— Quero só ver...

Ele semicerra os olhos, avaliando o que eu tinha acabado de dizer, e sorri como se curtisse uma piada interna.

— Meu nome é Artur.

— Alina.

Ele continua sorrindo. Eu sorrio junto. Será que é assim que as pessoas flertam?

Artur me passa um dos tacos, e eu olho para aquele objeto, me perguntando como exatamente as pessoas inventaram esse jogo. Quem teve a brilhante ideia de pegar um pedaço de madeira e empurrar umas bolas dispostas na mesa em direção a um buraco? Eu sei que tem toda uma lógica, e isso é bem impressionante, mas não vejo muita graça.

— Você conhece as regras? — Ele me pergunta enquanto eu ainda avalio o taco.

— Conheço, já vi algumas pessoas jogando. Só que nunca tentei.

Artur coloca a ficha para liberar a gaveta e depois organiza as bolas em um triângulo, com exceção da número oito, posicionando a bola branca na outra extremidade da mesa.

Ele caminha até o meu lado com segurança. Fico nervosa, mas estou até me divertindo com essa ansiedade.

— Você é destra?

Eu concordo com a cabeça, um pouco atordoada com a proximidade. O perfume dele é forte e me envolve. De repente, minhas mãos começam a suar, e eu as seco disfarçadamente na calça.

— Certo. — Ele se aproxima ainda mais. — Tudo que você precisa fazer é posicionar a mão esquerda na mesa, assim... — Ele conduz a minha mão até o lugar certo e deixa a sua em cima. Posso sentir a respiração dele na minha orelha. — Com a mão direita, você vai posicionar o taco em cima daquela ali.

Posso ouvir os risinhos da Manu e tenho certeza de que ela está de olho na cena.

Artur me ajuda a ficar na posição, mas se afasta para mostrar como fazer o movimento.

— Você vai mirar bem no centro da bola branca para que ela bata onde quiser.

Eu me concentro na bola branca, não tenho ideia do quanto de força é necessária para estourar o grupo de bolas, mas estou certa de que vou atingir bem o centro. Sem pensar muito, bato com toda a força que eu posso. A branca corre pela mesa e espalha todas as bolas coloridas. Uma, duas e, opa, três caem nos buracos. Artur olha para mim, impressionado, e depois fica com uma expressão desconfiada.

— Tem certeza de que nunca jogou?

— Tenho. — Tento parecer o mais inocente possível. Eu realmente nunca havia jogado, mas o fato de ele desconfiar me deixa ansiosa para provar que estou falando a verdade.

— Hum... beleza. Vamos ver se você sabe se virar sozinha ou se foi apenas sorte de principiante. — Ele olha para as bolas, avaliando as possibilidades. — Todas as que caíram foram altas; você é realmente muito sortuda!

Eu dou de ombros, procuro a branca e me posiciono para a jogada.

Bem mais confiante dessa vez. Ela bate em uma bola nove e cai exatamente no buraco da extrema direita.

Artur só tem a chance de jogar duas vezes, porque acabo a partida em poucos minutos.

— Não é possível — ele diz depois de me ver encaçapar a número oito. — Eu ainda tô em dúvida se acredito em você.

— É sério! Eu nunca joguei antes, só tenho um olho bom para coisas lógicas. É tudo questão de ângulo e força.

— Se você diz... — Ele não parece mais tão feliz como quando me convidou para jogar. — Quer beber algo ali no balcão? Tô com vergonha de jogar de novo...

Rimos, e eu aceito o convite. Aviso a Manu para onde estou indo, e ela me faz um sinal de positivo, animadíssima por eu ter conhecido alguém que não seja por seu intermédio. Porém, eu provavelmente nem teria dado bola se ela não tivesse insistido.

Sentamos em uns banquinhos altos com assento de couro vermelho na frente do balcão do bar, mais próximos do palco. Artur pergunta se eu quero beber alguma coisa, e fico em dúvida se devo arriscar. Por um lado, quero parecer tão descolada e divertida quanto todo mundo ali, bebendo cerveja no gargalo, mas não tenho certeza se deveria. Ainda sinto meu cérebro se recuperando da ressaca pós-festa.

Escolho não arriscar e respondo que quero um refrigerante. Ele ergue as sobrancelhas para mim, mas não comenta nada.

— Então, o que você faz da vida? — Ele me pergunta quando o atendente do bar entrega uma cerveja para ele e uma lata de refrigerante para mim.

— Hum, sou caloura. — Já entrego logo de cara antes que ele faça essa observação. — Engenharia da Computação.

— Uau! — Artur apoia a cerveja no balcão depois de dar um gole e me encara como se estivesse me analisando. — Você não tem cara de quem faz Engenharia da Computação.

— Por quê? — Fico curiosa. Manu fazia questão de sempre me dizer que eu tinha cara de nerd.

— Você é bonita — responde. — Não sabia que meninas bonitas faziam computação.

Fico feliz com a tentativa de elogio, mas me sinto ofendida mesmo assim.

— Obrigada — agradeço sem muito entusiasmo. — Mas beleza não tem nada a ver com profissão. De cara babaca já basta os que estudam comigo ou no prédio de exatas.

— Não queria ofender. — Artur percebe que estou na defensiva e tenta amenizar a situação. — Você é bonita, inteligente e ainda me humilhou na sinuca. A cada minuto me surpreende mais.

O meu lado competitivo fica feliz com isso, e então resolvo dar mais uma chance.

— E você faz o quê?

— Eu não queria falar sobre isso...

— Como assim?

— Sempre que eu falo o meu curso as garotas têm duas reações — ele levanta dois dedos —, ou começam a me bajular ou vão embora porque acham que eu só quero levá-las pra cama.

Fico extremamente curiosa e tento encontrar um curso que se encaixaria nessa descrição, mas nada me vem à mente. Acho que não tenho muita experiência nesse negócio de faculdade.

— Eu espero que você não faça nenhuma das duas coisas e a gente possa continuar a conversar como se isso não fizesse diferença nenhuma — ele me pede e eu confirmo com a cabeça, encorajando-o a me contar. — Eu faço Medicina. — Artur fica em silêncio, esperando a minha reação, e eu sinceramente não faço ideia de por que ele esperaria que eu fizesse alguma coisa.

— Eu deveria ter alguma reação?

— Não. — Sorri. — Assim tá perfeito.

— Meu colega de república também faz Medicina — eu digo depois de tomar um gole do meu refrigerante. — Vocês devem se conhecer.

— É? — Artur pergunta com interesse. — Qual o nome dele? São muitos alunos, mas quase todos se conhecem.

— Gustavo — respondo.

— Gustavo Sampaio? — Ele me pergunta um pouco mais sério.

— Acho que é esse o sobrenome dele. — Na verdade não lembro se algum dia ele me falou. — O pai dele é um cardiologista famoso.

Artur confirma com a cabeça, e umas linhas de tensão se formam na sua testa.

— Eu sei quem é. Estamos na mesma turma.

— Que coincidência! — Fico animada por termos alguém em comum. — O Gustavo é muito gente boa.

— Hum... É, sim.

Artur não se mostra muito à vontade com a conversa, e eu me pergunto se fiz alguma coisa errada. Os segundos de silêncio me deixam constrangida. Olho para o celular e vejo que já passou da meia-noite.

— É melhor eu chamar a Manu para ir embora, já tá muito tarde e tenho aula amanhã cedo — digo enquanto fico em pé.

— Eu posso levar você pra casa, se quiser.

Fico surpresa ao perceber que gostaria que Artur me acompanhasse até em casa, mas um pouco nervosa porque acabei de conhecê-lo.

— Hum, não precisa. — Tento recusar da maneira mais educada possível. — A gente não mora longe daqui, e eu preciso levar a Manu comigo também.

Ele sabe que estou tentando arrumar uma desculpa, mas entende e aceita.

— Me passa seu o número então. — Ele pega o celular para anotar. — Assim a gente combina alguma coisa outro dia.

— Claro!

Nós nos adicionamos, e eu me despeço.

— Foi ótimo conhecer você — ele fala antes que eu vá até a mesa da Manu. — Mesmo que eu tenha perdido de lavada uma partida de sinuca.

— Também achei ótimo — admito. — A gente se vê qualquer hora.

Vou para os fundos do bar procurar a minha amiga. O problema é que ela não está mais lá. Dou uma olhada geral e nada. Ela não poderia ter saído sem passar por mim.

Volto para o balcão do bar e Artur ainda está lá, terminando a cerveja.

— A Manu sumiu — digo, desesperada.

— Como assim sumiu?

— Sumiu sumida, ué — respondo, impaciente com a pergunta idiota. — Fui lá atrás, e ela não estava mais. Tem como sair por lá?

— Tem uma saída para o estacionamento.

— Só falta ela ter resolvido dar uns pegas em alguém logo agora — penso em voz alta. Quando percebo que Artur havia escutado fico com vergonha.

— Acho que ela tá se divertindo mais que a gente — observa.

Cruzo os braços e o encaro com seriedade, não estou com humor para piadas com segundas intenções. Ele percebe que não estou brincando e se arrepende.

— Mais uma bola fora?

Ignoro a pergunta e busco o celular na bolsa. Chama várias vezes e cai na caixa postal da Manu. Tento umas dez vezes e nada. Sento no banco de couro, cruzo os braços no balcão e apoio a cabeça em cima. A Manu poderia ter me avisado que sairia, pelo menos eu não teria que esperar por um sinal divino para saber se vou para casa sozinha ou espero.

— O meu convite ainda tá de pé — relembra Artur.

Eu levanto a cabeça, devo estar com marcas da pulseira na testa porque está doendo. Levo uma das mãos até o rosto e percebo que estou certa. Que maravilha.

— O problema é que não sei se ela vai voltar ou não. Se tenho que ir com ela ou não.

— Espera mais um pouco, e, se ela não voltar, eu deixo você em casa. — Ele pisca para garantir que é a coisa mais fácil do mundo. Eu suspiro sem saber o que fazer. — Daqui a pouco já tenho que ir também. Aula de Farmacologia amanhã cedo.

Ele diz aquilo como se eu soubesse o que isso quer dizer, mas concordo sem questionar. Vou esperar por mais vinte minutos e, se ela não voltar, vou embora.

O bar está mais vazio; a banda avisa que é a saideira e agradece a presença de todos.

— Que tal mais uma partida pra passar o tempo?

Levanto as sobrancelhas, surpresa com a coragem dele de me encarar novamente. Na verdade, um pouco apreensiva com medo de perder.

71

Não sou uma boa perdedora.

— Isso é um desafio?

— Se você acha que sim... — Ele dá de ombros. — Aposto que dessa vez você não ganha.

Eu não corro de desafios.

— O que eu ganho se vencer?

— Se vencer eu pago a conta quando a gente sair na sexta, se eu vencer... você paga.

Ele dá um sorriso malicioso e não se importa com a minha interpretação daquela frase. Isso garante que a gente realmente vai se encontrar de novo, de uma forma ou de outra.

— Que bom que vou economizar uma grana então. — Dou de ombros, pego a bolsa e caminho na direção da mesa de sinuca.

Isso vai ser divertido.

CAPÍTULO 8

Ganhei de novo. Artur não ficou tão bravo dessa vez, mas ainda não acredita na minha história de principiante. Ficamos no bar por mais de meia hora e nada da Manu, nem uma mensagem.

Ele estaciona o carro na frente do prédio de tijolos que eu aprendi a gostar. Enquanto solto o cinto de segurança, planejo de que forma devo me despedir. Teria sido muito mais fácil se a despedida fosse lá no bar, naquela hora que eu fui procurar a Manu. Agora as coisas são diferentes. Passamos mais tempo juntos e até marcamos de sair. Definitivamente não sei como dar tchau.

— Está entregue! — Ele diz logo após desligar o carro.

Ele desligou o carro.

Quem desliga é porque acha que vai ficar mais tempo do que o necessário para a carona sair. Ele definitivamente não acha que sou lerda, então provavelmente isso quer dizer outra coisa. Fico nervosa.

— Obrigada pela carona. Eu não queria incomodar.

— Eu que não deixaria você voltar sozinha de lá, né? Pode ser perigoso.

Concordo timidamente com a cabeça e ameaço pegar a bolsa, porque acho que ele está esperando que eu fale algo.

— Até sexta então — digo.

— Hum... espera...

— Ei, aquela é a Manu — interrompo, apontando para a menina loura que está saltando de um carro estacionado na nossa frente. — Eu vou matá-la! — grito e então olho para o Artur. — Desculpa. Obrigada pela carona. Mesmo. A gente se fala.

Abro a porta e saio do carro antes que ele possa responder. Deveria agradecer a Manu pelo timing, mas ainda estou muito brava. Ela já está abrindo a porta da casa quando a alcanço.

— Onde você estava? — pergunto alto o bastante para acordar a vizinhança inteira.

Ela olha para mim, assustada, e pede para que eu fale mais baixo.

— Você me abandonou naquele bar e não atendeu o celular!

Ela me ignora por alguns segundos enquanto entramos em casa, então fecha a porta.

— Acho que abandonada não é o termo correto né, Alina? — Ela se joga no sofá meio cambaleante. — Você estava em ótimas mãos, e eu me certifiquei disso antes de sair e aproveitar a noite. Desculpa se eu não quis interromper.

Ela fez de propósito.

— Não acredito nisso!

— Você deveria me agradecer.

— Agradecer por me deixar sem notícias e preocupada!?

— Preocupada? — pergunta sem acreditar. — Aposto que deu uns amassos! — Ela me olha com mais atenção agora. — Vai dizer que foi ruim? É por isso que você tá assim agora? Jurava que o Artur tinha pegada!

Manu era incorrigível.

— Espera aí, você conhece o Artur?

— Todo mundo conhece a galera da Atlética de Medicina. — Ela faz um gesto com as mãos, menosprezando a minha surpresa.

Isso só faz com que eu fique mais irritada.

— Eu não tava dando amasso nenhum!

— Ai, Alina, nem pra dar uns beijos? Meu deus do céu! — Manu esconde o rosto com as mãos. — Pelo menos combinaram de sair?

Eu não estou a fim de falar sobre isso, porque quero ficar brava com ela por mais algum tempo, mas não consigo conter o sorriso que simplesmente aparece no meu rosto.

— Sim, a gente vai sair na sexta.

— FINALMENTE! — Manu dá um pulo do sofá, mas o fato de estar bêbada não ajuda muito, e ela tropeça no próprio sapato e cai no chão. Ela finge estar emocionada. — Minha pobre criança está crescendo!

— Manu sabe fazer uma cena. — Amanhã eu conto o que aconteceu — ela diz de olhos fechados, já aninhada nas almofadas sobre o chão e sem mostrar indícios que levantaria dali tão cedo. — Agora me deixa dormir.

Eu balanço a cabeça sem acreditar no que estou vendo. Até penso em levá-la para o quarto, mas desisto ao me lembrar das escadas. Amanhã ela irá se arrepender de dormir no chão duro quando acordar com o sol no rosto e dor nas costas. Minha leve vingança por ela ter me abandonado, mesmo que isso nem tenha sido tão ruim assim.

Sorrio só de lembrar, mas estou em dúvida se o Artur ficou chateado por eu ter saído correndo do carro. Enquanto subo as escadas em direção ao quarto, eu tenho a resposta. Uma mensagem dele chega no meu celular:

75

> **Artur [01:18]:**
> Até que perder tem seu lado positivo.
> Te vejo na sexta.

Pelo menos não fiz tudo errado dessa vez.

No dia seguinte, acordo feliz. Não me importo se está cedo demais para alguém normal se sentir animado. Desço as escadas cantarolando e dou de cara com Manu em pé, com os cotovelos apoiados no balcão da cozinha e as mãos na cabeça.

— Bom dia-a-a — eu imito a animação dela da primeira vez que acordei aqui na república.

Ela fecha os olhos e parece se retorcer de dor.

— Por favor, fale baixo...

Preciso chegar mais perto para entender o que ela diz. Dou de ombros e não falo mais nada. Preparo o café sorrindo, nada que fizerem pode me deixar triste.

— O que ela tem hoje? — Gustavo pergunta para Manu quando chega na cozinha. Ele está com a mesma cara de zumbi de todas as manhãs, porém dessa vez consegue falar.

— Tá apaixonada — Manu responde sem alegria na voz.

— É mesmo?

— Eu não tô apaixonada — rebato sem muita firmeza. — Só acordei feliz.

— Sei... — Gustavo diz, sério.

Ele e Manu se encaram, mas não dizem mais nada. Provavelmente vão fofocar sobre a minha vida quando eu for para a aula. Isso me lembra de que preciso entrar no banheiro antes do garoto, então abandono a caneca de café na pia e saio correndo. Ele percebe o meu movimento e até tenta chegar antes de mim, mas fecho a porta na cara dele.

Sorrio vitoriosa para o espelho logo acima da pia.

— Hoje é meu dia de sorte!

Meu bom humor parece contagiar tudo que eu faço. Não ligo para as piadinhas de sempre na aula e faço anotações e exercícios tranquilamente. As meninas parecem notar a diferença de comportamento e me perguntam se aconteceu alguma coisa.

— Só acordei feliz — repito a explicação.

— Só você para acordar feliz para aula de Física 1 — comenta Julia.

Estamos no meio da resolução de um exercício sobre circuitos elétricos, e Julia não consegue entender. O professor dessa disciplina é um daqueles que pensam que não vamos durar até o próximo semestre, e ela fica frustrada por não entender a matéria. Lamenta o tempo todo por achar que ele provavelmente tem razão, que ela é uma farsa.

— Você não é uma farsa. — Tento tirar aquilo da cabeça dela. — A matéria é realmente difícil, não é só você que está penando. Dá uma olhada no resto da sala!

Vários dos garotos apagam nervosamente o que haviam feito e alguns até chegam a rasgar a folha do caderno. Ela me encara e se dá conta que talvez eu não seja a melhor pessoa para dar aquele conselho.

— Mas você entendeu tudo. — Ela aponta para o meu caderno. Eu já havia terminado de resolver o problema proposto há uns cinco minutos.

— Eu... — gaguejo sem saber como responder. — É que eu sempre gostei das matérias de exatas no colégio. — Como se isso explicasse tudo.

Julia olha para o lado, onde Sabrina está concentrada sobre o caderno.

— Até a Sabrina entendeu e ela nem queria estar aqui!

O professor anda pela sala para conferir o andamento das resoluções. Quando para ao meu lado, demora um pouco mais lendo todas as minhas anotações. Eu havia feito várias vezes para confirmar se aquela era a resposta certa, então tinha quase certeza de que tudo estava correto. Ele não faz qualquer comentário, mas trinca o maxilar e se dirige à mesa da frente. É a mesa da Julia.

— Acho melhor você estudar mais, Julia — ele a repreende. Ela fica envergonhada com o comentário e baixa a cabeça para não encarar ninguém.

É completamente injusto o que ele acabou de fazer. Não havia feito qualquer comentário para nenhuma outra pessoa da sala e tenho certeza de que muitos alunos também não estão conseguindo entender, mesmo assim ele escolheu a Julia para recriminar.

Quando ele volta para o seu lugar, eu tento animá-la:

— Não liga para o que ele fala.

— Me deixa em paz — a garota rebate sem olhar para trás e começa a apagar o exercício furiosamente.

Desvio o olhar para Luana para entender o que acabou de acontecer, e ela apenas balança a cabeça em negativa.

No final da aula, tento conversar com a Julia, mas ela joga as coisas rapidamente na mochila e sai correndo da sala. Geralmente ela, Luana e eu vamos juntas para a praça de alimentação almoçar, mas dessa vez ela simplesmente foi embora sem nem se despedir.

— Dá um tempo pra ela — Luana me diz quando encaro boquiaberta a cena.

— Eu não tive a intenção — começo a me explicar e posso sentir que as lágrimas estão se formando nos meus olhos. Rapidamente enxugo o rosto.

— Ela só está cheia de coisa na cabeça. Amanhã tudo volta ao normal.

Não tenho certeza, mas decido esperar para falar com ela no dia seguinte. Conheço Julia há pouco tempo, mas já sei que ela é dessas pessoas que precisam esfriar a cabeça. Do tipo que fala coisas e se arrepende depois, mas isso não impede que a ofensa seja feita.

Outro dia estávamos conversando sobre como entramos na faculdade e ela contou que é bolsista. A direção da universidade resolveu implicar logo agora que as aulas haviam começado, solicitando uma documentação extra. Por isso ela estava estressadíssima com medo de perder a bolsa. Quando Sabrina desdenhou o fato de estar fazendo um curso que ela nem queria, Julia mandou ela à merda e disse que deveria agradecer por ter dinheiro para pagar a faculdade.

Ficamos espantadas e, quando ela percebeu que tinha falado besteira, tratou logo de pedir desculpas. Mesmo assim foi estranho. Sabrina aceitou, mas prefere não ficar com a gente quando Julia está por perto. Sinto que ela está cada vez mais solitária. O que é bem ruim, pois somos as únicas quatro meninas da turma, então precisamos ficar unidas.

Depois do almoço, Luana me convida para estudar na casa dela. As matérias estão puxadas, e ela me garante que as coisas estão bem mais tranquilas por lá para poder estudar. Eu aceito porque sei que corro risco de começar e a Manu entrar no meu quarto me arrastando para qualquer bar aleatório que eu "seria louca de perder", como ela sempre falava sobre todos os lugares que queria me levar. Passamos na república para que eu pegue alguns livros e anotações, e vamos direto para a casa dela.

Luana dirige o carro que ganhou dos pais no aniversário de dezoito anos, por isso não levamos muito tempo. Quando chegamos na sua casa, reconheço o belo jardim que eu havia visto no dia da festa. Dessa vez, parece ainda mais bonito porque o sol forte do final do verão deixa tudo mais brilhante e cheio de vida.

O homem que havia nos recepcionado naquela noite e conferido as pulseiras cumprimenta Luana com um movimento de cabeça e aciona o botão que abre o grande portão para que ela possa entrar com o carro. Uau! A família dela tem segurança 24 horas por dia!

Em um canto, eu vejo o corredor que serviu de passagem secreta para a festa, mas dessa vez entramos pela garagem. Mais dois carros estão ali e posso jurar que já vi um deles em algum lugar.

— Meu irmão tá em casa — lamenta. — E pelo jeito temos visita. — Ela aponta para o carro que eu havia reconhecido. — Mas não se preocupe, a casa é grande o bastante e a gente não vai precisar cruzar com eles.

Quando entramos na casa, logo vejo uma sala de televisão enorme. Eu nunca havia visto uma sala tão grande. É integrada com a sala de jantar e uma ilha separa a cozinha americana tão maravilhosamente mobiliada. Comparo com a versão menor e mais pobre na república. Pelo menos estamos na moda da cozinha integrada com outros ambientes. No nosso caso, é por falta de espaço mesmo.

— Oi, queridas! — Uma mulher loura, muito bem-vestida e que

deve ter a idade da minha mãe, desce as escadas e nos cumprimenta. Ela é uma versão mais velha e magra da Luana.

Eu sorrio e, antes que possa responder, Luana me interrompe.

— Oi, mãe! Essa aqui é a Alina — ela me apresenta sem muita animação. — Estamos subindo para estudar. — Luana me pega pelo braço, tentando me apressar.

— Estou saindo agorinha para ir ao shopping — a mãe de Luana avisa e balança as chaves. — Vocês não querem vir? Podemos comprar roupas pra você ir às festas, Luana! O que acha?

Aquela mulher parece realmente animada com a ideia, mas Luana revira os olhos e faz que não com a cabeça.

— Mãe, a gente tá realmente cheia de coisa pra estudar — ela tenta responder educadamente, mas vejo que está completamente sem paciência.

— Quem sabe outro dia, então? — A expressão da mãe de Luana murcha um pouco.

— É, pode ser...

— Ah, sua nutricionista enviou o novo plano de alimentação! Está em cima da sua escrivaninha. Em duas semanas, você perde os quilinhos que ganhou nas férias e diminui um número! — É o bastante para Luana me puxar em direção ao corredor sem que eu tivesse oportunidade de me despedir da sua mãe.

Luana mudou completamente depois da conversa com a mãe e não diz nada enquanto caminhamos pelo corredor — chique e com muitas e muitas portas. Sério, devo ter contado umas sete.

Vozes saem de uma das portas da direita, a única aberta. Vozes masculinas. Luana caminha em direção ao local, e eu a sigo.

— Ei — os dois rapazes que estão lá dentro olham para nós depois que ela chama.

Eu reconheço os dois. Um deles é o irmão de Luana, sentado em uma cadeira em frente a uma escrivaninha posicionada embaixo de grandes janelas. O outro é quem eu nunca imaginaria encontrar: Artur. Ele está em pé, apoiado em uma estante com vários troféus, e sorri, surpreso.

— Oi, maninha — Cauê cumprimenta e olha para mim com as sobrancelhas levantadas. — Eu conheço você.

Concordo com a cabeça.

— A Alina estava na festa de sexta — Luana explica. — Nós vamos estudar no meu quarto. Por favor, não coloca som alto e nem nada do tipo, ok?

— Tudo bem. — Ele levanta as duas mãos. — A gente já vai sair mesmo...

Olho para Artur e ele sustenta o meu olhar. Nenhum dos dois fala nada. Cauê percebe, mas Luana nem presta atenção e me puxa para o quarto sem se despedir.

— Vamos estudar logo porque duvido que o Cauê seja tão solícito assim...

Não presto atenção no que ela diz depois. Fiquei surpresa por encontrar Artur aqui e me pergunto se deveria ter falado alguma coisa. Bom, ele também não falou nada...

Talvez ele estivesse esperando que eu falasse primeiro? Ai, meu deus, eu nem respondi a mensagem que ele mandou ontem à noite!

Luana continua falando, mas não escuto. Ela percebe minha falta de atenção e pergunta se estou ouvindo. Eu peço para ela repetir.

— Vai ter uma festa de Administração na sexta-feira e parece que pode ir gente de fora, desde que pague a entrada. Vamos?

Sexta? É o dia que combinei de sair com o Artur.

— Sexta eu não posso, desculpa.

— Não vai dizer que vai estudar, né?

— Não... eu... — Penso por um segundo se deveria contar ou não. — Combinei de sair com um cara.

— Tá brincando? Que cara? Conheceu naquele aplicativo de encontros?

— Quê? Não!

Eu realmente não teria coragem de sair com algum desconhecido que conheci em aplicativo de celular. Eu nem tenho nada disso no telefone!

— Então quem é? — Ela deita na cama de casal que fica bem no meio da parede enorme do seu quarto.

— Humm... aquele cara que estava no quarto do seu irmão — respondo despretensiosamente, como quem diz as horas.

Luana se senta rapidamente, me encarando.

— O Artur? — pergunta mais alto do que eu gostaria.

— Shh, fala baixo! — Fico apavorada só de pensar que ele pode escutar. Eu confirmo com a cabeça, não estou com muita vontade de dar detalhes. Por algum motivo, tenho vontade de guardar as coisas para mim.

— Uau! Ele é muito gato.

Eu sorrio, ele é mesmo.

— Bom, já que certas pessoas — ela levanta uma das sobrancelhas para mim — não vão poder ir comigo, vou ver se arranjo outra companhia...

— A Manu deve ir. A Talita e o Bernardo fazem Administração.

— Hum, verdade! Eles são bem legais, mas não tenho intimidade o suficiente para me convidar. — Ela se levanta e vai até a escrivaninha, que é grande o bastante para duas pessoas. — Vou pensar como vou fazer...

Quando ela levanta a tela do notebook, eu me junto a ela.

— Então... você e o Artur, hein?

— Não vou falar sobre isso... — Eu me sento em uma das cadeiras e começo a ler a matéria de hoje.

— Posso conseguir essa informação por bem ou por mal...

Olho para ela sem entender.

— Esqueceu que ele é amigo do meu irmão?

Dou de ombros.

— Fique à vontade.

Ela suspira, inconformada, mas não faz mais perguntas.

Penso em perguntar sobre a mãe dela, mas acho que é algo pessoal demais para alguém que conheceu há poucos dias. Ao lado de Luana, em cima de uma pilha de livros de *O Senhor dos Anéis* está o plano nutricional. Quando ela nota que as folhas estão ali em cima, tenta disfarçar guardando-as dentro de uma das gavetas.

Estudamos a tarde toda, até nenhuma das duas aguentar ver números pela frente. Quando voltamos para a garagem, o carro do Artur não está mais lá. Eles realmente haviam saído.

Por algum motivo, eu tinha imaginado a cena: o encontraria ali embaixo, e ele me ofereceria carona até em casa, antes que eu saísse do carro nos beijaríamos finalmente. Eu já havia me arrependido de ter saído correndo na noite anterior, passei o dia pensando que estou perdendo muito tempo, ninguém sabe se isso pode durar.

Quando chego em casa, vou direto para o quarto, pensando que a sexta-feira está longe demais e imploro para que a semana passe rápido.

CAPÍTULO 9

Infelizmente o destino não colabora e a semana está demorando uma vida para passar. As aulas e os trabalhos são tão exaustivos que, quando chego em casa, só penso em ir dormir.

Quarta-feira, no final da aula de Algoritmos, somos surpreendidos por uma notícia empolgante. O professor Antônio anuncia que a cada semestre uma empresa de tecnologia patrocina duas bolsas de estudos para os calouros e financia um projeto de pesquisa dentro da universidade.

— Os projetos podem ter até cinco alunos — ele continua a explicar depois que as manifestações que agitam a sala cessam. — Apenas dois desses alunos irão ganhar a bolsa, é claro, mas todos podem participar da pesquisa e, o mais importante, ganhar experiência. Inteligência é ótimo, mas contatos são ainda melhores.

Na mesma hora, já começo a pensar e me animar com a ideia. Seria uma competição? Teríamos que programar? Quando olho para os colegas de classe percebo que eles também estão preocupados com a possibilidade de exigirem habilidades mais avançadas.

— Como vocês estão no primeiro semestre, não será exigida nenhuma implementação do projeto — o professor nos acalma. — Eles querem apenas uma proposta. De preferência com a lista de processos e todas as funcionalidades. Lembrem: vocês estão defendendo um projeto, precisam justificar a importância do que estão propondo.

O garoto a minha esquerda (acho que se chama Lucas e que vem a ser um dos poucos rapazes que tratam a gente sem qualquer distinção), pergunta:

— Pode ser qualquer coisa?

— Não — responde o professor Antônio, rindo. — Tem que ter algum apelo social — complementa. Alguns ficam decepcionados. — Precisa ser útil pra comunidade. É para isso que esse tipo de iniciativa existe dentro da universidade.

Não estou muito preocupada em ganhar a bolsa, mas sim com a oportunidade de ter a minha capacidade reconhecida. Seria ótimo vencer todos esses babacas. Sorrio com a possibilidade.

Observo algumas pessoas considerando as opções e outras começando a ter ideias. Automaticamente todas as garotas trocam olhares e acenamos com a cabeça. Estamos juntas.

O professor comunica que distribuirá o edital na próxima semana, mas que já devemos pensar em que tipo de ajuda a sociedade precisa. As inscrições poderão ser enviadas até o final de abril. Então teríamos cerca de dois meses para elaborar o projeto. Começo a ficar ansiosa e me pergunto o que seria inovador e necessário o suficiente para ganhar essa competição?

Sexta-feira, e meu ânimo é diferente. Estou cansada da semana anterior, mas a ansiedade pela noite me deixa elétrica. Depois daquele encontro inesperado na casa da Luana, Artur me mandou outra mensagem e começamos a conversar, de fato. Desde então eu me certificava de responder. Ele não me contou o que estava planejando, mas avisou que passaria para me buscar às nove horas.

Durante a tarde eu não consigo me concentrar na aula de História da Computação, o professor adora apresentar slides e, além disso, a sala é fria e escura — o lugar perfeito para tirar um cochilo.

O mais irritante é que precisamos decorar o que aconteceu desde os primórdios da informática, e eu simplesmente não tenho paciência. Por favor, me dê um problema de lógica!

Luana percebe que eu estou distraída e tenta descobrir o que vou fazer hoje. Como não quero falar nada, ela me faz prometer dar um boletim detalhado amanhã. Ela até pode ser uma pessoa extremamente gentil, mas quando quer uma coisa, não tem ninguém que a convença do contrário.

Quando chego em casa, estou uma pilha de nervos. Manu e Talita me ajudam mais uma vez com a roupa e a maquiagem, e eu fico pronta faltando apenas dez minutos para as nove.

— Eu achei que não daria tempo — suspiro ao me sentar no sofá, já cansada.

— Minha querida, você confiou esse trabalho à pessoa certa — Manu diz enquanto saboreia um pedaço de pizza de pepperoni. Meu estômago ronca. Todos ouvem e começam a rir. — Espero que ele tenha programado algo que envolva comida.

— Eu também — concordo, olhando com ansiedade o horário no celular pela décima vez.

Uma buzina toca na frente da casa, e eu me levanto rapidamente.

— Ele não vai entrar? — Manu pergunta, séria. — A família precisa aprovar!

— Só que faltava... — rebato já com a bolsa pendurada no ombro.

— Se comporte, garotinha! — Talita grita.

— Use camisinha! — Manu completa.

Fecho a porta sem responder e torço para que Artur não tenha escutado. Minhas bochechas estão quentes, e as pernas parecem gelatinas. Será que estou nervosa?

Quando entro no carro tento parecer tranquila, como se já tivesse feito isso várias vezes na vida. O que obviamente não é verdade. Nas poucas vezes em que eu fiquei com alguém foram coisas de um cinema aqui ou uma festa de colégio ali. Não sou a pessoa mais experiente no assunto.

— E aí, agora pode contar pra onde a gente vai?

— Você só vai saber quando chegarmos lá — ele diz com um sorriso enquanto dá partida. — Tenho certeza de que vai gostar! Mas primeiro vamos comer alguma coisa, porque eu tô morrendo de fome.

— Ai meu deus, obrigada! — agradeço sinceramente, quase chorando de emoção. — Meu estômago tá roncando! Não tive tempo de comer nada porque tive aula o dia inteiro, e o pessoal ficou ostentando a pizza que eles pediram antes de eu sair.

Ele ri do meu desespero e garante que vai ser a melhor comida do mundo.

— Não tá de dieta não, né?

— Dieta?

— É que tem garota que vai nesse lugar e não come nada porque diz que tá de dieta! Muito desperdício, é uma hamburgueria.

— Tá brincando? Se tem uma coisa que eu não recuso é comida. Principalmente no meu estado atual. Eu poderia comer dois hambúrgueres.

Ele fica aliviado.

— Joga sinuca, é inteligente, bonita e ainda come hambúrguer. Acho que você é pra casar!

— Pena, minha lista de pretendentes é muito grande. — Não sei de onde tiro essa resposta, mas ele parece se divertir.

— Então acho que vou ter que provar que mereço estar no primeiro lugar da fila.

— Vai mesmo.

Sorrimos. Depois disso, começamos a imaginar os recheios dos hambúrgueres. Quando percebo, já estamos na frente do local.

— Bem-vinda ao Melhor Lanche da Cidade — ele anuncia.

Dou uma olhada na fachada da hamburgueria e o nome é este mesmo: MLC; Melhor Lanche da Cidade.

— Vamos ver se eu concordo — desafio.

Não sei por que, mas com ele sou totalmente diferente. Eu me sinto outra pessoa, a que eu sempre quis ser. A Alina extrovertida e bem-humorada que sabe conversar com os caras sem ficar totalmente envergonhada. É claro que tudo isso faz parte do que estou vivendo desde que cheguei na universidade, e provavelmente Manu e Talita têm alguma responsabilidade.

Com exceção do meu porre da semana passada, eu posso até me acostumar com essa nova Alina.

Quase choro de alegria depois que finalmente dou a primeira mordida. Até me faz lembrar o Lanche do seu Zé, pertinho da casa dos meus pais. É tão bom! Não sei como as pessoas preferem essas grandes redes de fast food.

— Que delícia! — digo de boca cheia e morro de vergonha. — Desculpa.

Artur cai na risada. Uma garota morta de fome que nem ao menos tenta ser mais educada ao segurar o lanche ou esperar engolir para falar. Comparo os nossos sanduíches e percebo que o meu é considera-velmente maior.

— Você é inacreditável — ele diz, balançando a cabeça e pegando o catchup.

Penso por alguns segundos se esse comentário é bom ou ruim, mas volto a me deliciar com a comida.

— Esse é o melhor hambúrguer que eu já comi na vida!

— Eu falei! — Ele exclama, convencido. — Eles têm um molho especial, e essa mistura de queijo é sensacional.

Concordo, realmente tem alguma coisa diferente no sabor e, sem dúvidas, o queijo faz toda a diferença. Não é à toa que o lugar está cheio. Não é nada gourmet ou chique, não passa de uma lanchonete normal.

Na verdade, não tem nem garçom: as pessoas fazem o pedido no caixa e aguardam a senha. Tipo fast food mesmo, mas muito mais gostoso.

Quando eu termino de comer, me encosto na cadeira e suspiro, satisfeita — a cena não é nada bonita. Minha mãe me repreenderia. Olho para Artur e ele ainda está na metade. Amador.

— Caramba, tem alguma coisa em que você não ganha de mim? — ele pergunta entre uma mordida e outra.

Dou de ombros.

— Não sei. Eu sou muito boa de prato, ou nesse caso, de hambúrguer.

Ele concorda com a cabeça depois de levantar as sobrancelhas, parece se divertir com a cena.

— Eu notei. Da próxima vez a gente vai em um lugar chique com dez mil talheres. Quem sabe assim eu tenho mais chances?

Uma pontinha de felicidade invade meu peito. *Da próxima vez.* Então pode ser que isso não termine aqui.

— Eu não teria tantas esperanças — provoco. — Você não sabe se na verdade eu tenho treinamento militar para comer.

Ele me encara considerando se estou falando sério. Então eu sorrio, entregando o blefe. Quando ele enfim termina, me avisa que vamos para outro lugar.

— Posso ir para qualquer lugar agora que não tem um buraco negro no meu estômago — admito, enquanto caminhamos até o carro. Percebo que a frase ficou estranha quando ele me dá um sorriso malicioso. — Não *qualquer* lugar! Não foi isso que eu quis dizer...

— Sem problemas, Alina. — Ele se diverte com o meu constrangimento e abre a porta.

Sento no banco do carona sem falar nada, agradecendo por estar escuro e ele não notar minhas bochechas vermelhas.

— Tem um lugar muito legal que eu quero mostrar — ele comenta, como se nada tivesse acontecido, enquanto se dirige para a saída do estacionamento. — Espero que ninguém tenha feito isso ainda.

— Digamos que minha vida social não é tão agitada assim.

— Eu duvido — rebate. — Já soube que estava na festa de sexta, te encontrei no bar na segunda, sabe-se lá o que você fez nos outros dias...

Pensando bem, acho que nunca tive uma vida social *tão* agitada *mesmo*.

— É, acho que as coisas estão um pouco animadas — concordo. — Mas geralmente é a Manu que me arrasta para os lugares.

— Acho que você vai gostar de lá...

Sorrio. É estranho ter uma conversa assim. Ele se preocupando em me apresentar algo legal. O que, é claro, não evita que ele possa ter feito a mesma coisa com outras garotas, mas mesmo assim me sinto especial. Ninguém fez nada disso por mim antes.

— Vamos ver se você é bom *nisso* pelo menos.

Artur me olha, fingindo estar ofendido.

— Acho que outro desafio foi lançado então?

Cruzo os braços e levanto uma das sobrancelhas para provar que estou esperando uma surpresa. Ele sorri para mim e olha para a frente.

— Espero não perder dessa vez — ele diz por fim.

Eu também, penso, mas não digo em voz alta. Não quero que esta noite pare de me surpreender.

No caminho, Artur para em uma loja de conveniência em um posto de gasolina e pergunta se quero beber alguma coisa. Levanto as sobrancelhas interrogativamente.

— Você vai beber? — pergunto, um pouco decepcionada. Aquele dia no bar até tinha passado despercebido, mas não fico muito à vontade com a combinação de bebida e direção.

— Sim — responde e franze as sobrancelhas. — Por quê?

Fico desconfortável em dar lição de moral, mas ele percebe que tem alguma coisa errada. Penso na primeira coisa que vem à minha mente que não seja um discurso.

— Fiquei sabendo que tá rolando blitz a semana inteira — aviso. Uma mentira, é claro. E, para ser sincera, eu nem tinha visto um carro de polícia desde que cheguei.

Artur sorri como se eu estivesse me preocupando à toa.

— Relaxa, gatinha! — diz sorridente. — Eu conheço os caras — explica, com uma piscadela.

Ok, isso já não está mais tão legal assim. Mas não tenho muito o que fazer, já que minha tentativa de fazê-lo desistir da ideia de beber saiu pela culatra.

Quando ele volta a me perguntar se quero uma cerveja, fico tão nervosa que não consigo dizer não. Eu me lembro do conselho de Manu, de só fazer o que realmente quiser, mas falar é fácil. Eu me certifico de que ele compre apenas uma garrafinha para mim; não tenho uma boa lembrança da única vez que bebi cerveja do copo da minha tia. Então não vou arriscar em beber mais de uma garrafa. Ou um gole.

Ele volta para o carro e coloca algumas sacolas no banco de trás. Olho para elas para me certificar de que não vai quebrar nada e um volume estranho chama a minha atenção.

— Um violão?

— Droga. — Ele dá um tapa no volante. — Era parte da surpresa.

Espero a continuação.

— Eu toco violão.

— Vai tocar nesse lugar misterioso?

— Talvez. — Ele balança a cabeça em dúvida. — Agora não sei se vai ser mais tão legal porque fazia parte da surpresa. Vamos ver.

Concordo sem saber se deveria pedir que ele realmente toque ou esperar. Gosto de caras que tocam violão, acho charmoso.

— Você canta também?

— Isso eu não vou contar. — Ele nega com a cabeça.

Dou de ombros e tento parecer tranquila. Não estou curiosa mesmo. Mentira, é claro.

Enquanto ele dirige em silêncio, eu me pergunto de qual tipo de música ele gosta. Artur não parece o tipo de pessoa que leva o violão para as rodas de amigos, mas sim que encara aquela situação como algo mais pessoal e introspectivo. Será que eu deveria me sentir especial?

— Chegamos — ele anuncia.

Levo um susto porque estava perdida em pensamentos e nem reparei que ele havia estacionado. Olho pela janela do carro, avaliando o lugar.

É lindo. E novo para mim. Onde estamos?

— É um parque — ele explica, sem que eu precise perguntar.

As árvores, a grama e os banquinhos estão organizados em volta de um enorme lago que se estende por alguns quilômetros.

Sei que é um lago porque estamos no meio da cidade e também porque do outro lado, além das árvores, vejo muitos prédios. A lua cheia está encantadora, reflete na água, iluminando tudo. É romântico. Sinto minha barriga vibrar em expectativa.

Algumas pessoas estão reunidas por ali. Posso ver um grupo na extrema esquerda, sentado na grama, e um casal em um banco, de olho em um cachorrinho que corre. Já é tarde, mas o ar quente do fim de verão ainda permite que as pessoas fiquem na rua, aproveitando a noite e o começo do final de semana.

— É muito bonito! — digo sem tirar os olhos do lago.

— É, não é? — Ele sorri para a paisagem. — Tá vendo aqueles prédios grandes lá depois das árvores? — Ele aponta. — É de uma fábrica de sapatos. Eles que construíram esse parque para provar que são sustentáveis, ou algo do tipo. Não sei se realmente funciona ou ajuda, mas pelo menos é bonito. — Dá de ombros. — Gosto de vir aqui nas noites de verão.

— Você traz todas as garotas aqui também? — Tento não soar acusadora, mas não sei se tenho sucesso.

Ele sorri, negando com a cabeça.

— Não trago qualquer pessoa aqui — Artur responde. — É um lugar querido por mim, não quero estragar. É, tipo, quando você gosta muito de uma música. Não quer ouvir com qualquer um, não é?

Não sei se ele está tentando apenas jogar charme ou se está falando a verdade. Mas procuro não ficar paranoica e tento aproveitar o momento. Aquele lugar é bonito demais para ficar me perguntando se é só para impressionar as pobres garotas como eu.

Ele pega o violão e as bebidas, e nós nos sentamos na grama mesmo, de frente para o lago. Artur deixa o instrumento de lado e abre duas cervejas, uma para mim e outra para ele. Não pergunto se ele pretende tocar e, por algum tempo, ficamos em silêncio apenas admirando a vista. Eu poderia ficar aqui pelo resto da noite e então digo isso para ele.

— Eu também — ele concorda. — Às vezes eu venho pra cá só pra pensar na vida, colocar a cabeça no lugar.

— É um bom lugar — comento. — Pena que não prestei atenção no caminho. Não sei se eu saberia voltar.

— Eu posso te trazer aqui de novo.

Sorrio para aquela afirmação e concordo com a cabeça. Estabelecemos então mais um acordo. Aos poucos, vamos trocando pequenas promessas que parecem inofensivas, mas que para mim valem muito.

Bebo um gole de cerveja e tento não fazer uma careta. Não é tão ruim quanto eu me lembro, mas também não é uma maravilha. Consigo tomar mais um pouco, ainda estranhando a sensação. Depois de passar da metade me dou conta de que, na verdade, acho que todas as pessoas que bebem cerveja não gostam exatamente do sabor, apenas se acostumam a beber.

Artur resolve pegar o violão, e eu comemoro em pensamento. Mas tento não mostrar muita empolgação; ele parece tímido ao posicionar o instrumento debaixo do braço. Aos poucos, aquela imagem do cara ousado que perguntou se eu queria jogar sinuca é substituída pelo Artur que vejo na minha frente. Ele encara as cordas do violão e testa alguns acordes.

Demora alguns segundos para decidir o que vai tocar, mas quando enfim começa, eu quase tenho vontade de chorar. Reconheço aquela melodia, cantei por muito tempo durante as férias, enquanto sonhava sobre a minha nova vida na faculdade.

Ele não olha para mim enquanto canta baixinho. Sua voz é suave, e sinto que poderia me apaixonar de verdade por ele. Uma lágrima escorre dos meus olhos por causa de tanta coisa que a música me faz lembrar. Tento enxugá-la rapidamente, mas Artur nota o movimento. Ele me encara, observando o meu rosto. Dou um sorriso encorajador, e ele me devolve um tímido, que eu nunca havia visto em seu rosto. Talvez estivesse conhecendo-o de verdade apenas agora.

CAPÍTULO 10

Artur me deixa em casa por volta das três da manhã. Não conversamos muito durante o trajeto de volta. Eu não quis quebrar a magia daquele momento. Agora que estamos aqui, estacionados na frente da república, somos obrigados a falar alguma coisa.

Não tenho motivos para sair correndo desta vez.

— Eu adorei a noite — confesso, sorrindo. — Foi realmente demais. Desde o hambúrguer maravilhoso até o parque e o violão.

— Consegui dessa vez, então.

— O quê?

— Cumprir o desafio de surpreender você.

Concordo com a cabeça e olho para a rua silenciosa. O poste da frente da república apaga sem mais nem menos, deixando o interior do carro iluminado apenas pelo painel.

Nós nos encaramos. Tudo que eu quero é beijá-lo. Sinto meu coração acelerar, mas ninguém se mexe um centímetro. Eu fico na dúvida se devo tomar a iniciativa, porque apesar de querer muito, não tenho certeza se vou gostar da reação dele.

Artur parece entender o silêncio e o meu desejo... Quando percebo, já estamos colados um no outro. Nos beijamos com vontade, como se tivéssemos esperado muito tempo. Eu empurro meu corpo para mais perto, e suas mãos deslizam pela minha cintura. A blusa que eu peguei emprestada da Manu estava servindo muito bem para Artur, que explora a parte exposta do meu corpo. Estou sem ar, mas posso continuar por muito tempo.

Não consigo mais reconhecer o Artur romântico de minutos atrás, porque agora ele me toca com ansiedade e urgência. Quando ele tenta me puxar para o seu colo, somos interrompidos por uma luz muito forte. No susto, volto para o banco do passageiro e bloqueio a luz com as mãos. É o farol de um carro.

— Droga — pragueja Artur.

O carro vira à esquerda para entrar na garagem da república. É Gustavo. O poste escolhe aquele momento para iluminar a rua novamente, e consigo ver melhor seu rosto. Ele nos encara muito sério. Quando desvio o olhar para Artur, percebo que os dois estão em alguma disputa silenciosa. Artur tranca o maxilar e segura com firmeza o volante, só volta a respirar quando o carro entra na garagem deixando nós dois sozinhos novamente.

Não falo nada. Estou assustada demais e sem entender o que acabou de acontecer. Depois de respirar fundo, Artur me olha e sorri, mas o sorriso já não é tão sincero e cheio de desejo. O seu olhar ainda tem uma sombra de raiva.

— Pena que fomos interrompidos...

— É — concordo sem ter muita certeza. — Eu preciso entrar. A gente se fala?

Seu maxilar volta a ficar tenso quando ele olha para a entrada da garagem, e então concorda com a cabeça.

— Claro! Eu mando uma mensagem.

— Então tá. — Dou um beijo rápido nos lábios dele e saio do carro, ainda com as pernas meio bambas.

Ele me espera entrar e depois dá a partida no carro com um cantar de pneus. Observo Artur acelerar até a próxima esquina. Aquele certamente não era o mesmo cara que havia passado a noite comigo.

Gustavo me espera encostado no balcão da cozinha com os braços cruzados e uma cara de poucos amigos. Deixo a bolsa em cima do sofá e cruzo os braços, imitando-o e esperando por uma explicação.

Ele sustenta meu olhar por alguns segundos e depois caminha em direção à escada. Antes de subir o primeiro degrau, ele para e olha para mim.

— Tome cuidado — diz simplesmente e sobe os degraus, sumindo no segundo andar antes que eu possa responder.

Desabo no sofá. A noite foi maravilhosa, mas tinha que acabar dessa forma?

Na manhã seguinte, conto tudo para a Manu. Ela não sossegaria antes que eu relatasse todos os detalhes. Não é à toa que veio correndo para o meu quarto assim que acordou. Depois do meio-dia, ainda bem!

Ela deu vários gritinhos de animação quando contei do violão, mas quando cheguei na parte do que aconteceu na frente de casa com o Gustavo, também não soube explicar.

— Que estranho. Eu nunca soube de nenhuma briga dos dois.

— Será que é algum problema da Atlética? Encontrei o Artur na casa do Cauê na terça-feira e, se a minha memória não foi alterada pelo álcool, o Gustavo não foi muito amigável com ele naquela festa.

— O Artur é amigo do Cauê? — ela me pergunta, desconfiada.

— Eu acho que sim. — Dou de ombros. — Eles estavam juntos lá na casa dele né, estudam Medicina, devem ser amigos.

— Lá se vai a imagem fofa que eu tinha desse rapaz — lamenta a Manu.

— Por quê?

Ela muda de posição na cadeira, nervosa.

— É uma coisa do passado... — Faz um gesto com as mãos, descartando os detalhes. — Tudo que você precisa saber é que o Cauê não é alguém confiável. Talvez o que o Gustavo disse tenha algum sentido, se tratando de um amigo do Cauê.

Fico esperando por mais detalhes que me provassem alguma coisa, mas ela não diz mais nada. Já deve estar satisfeita com tudo que eu contei, porque se levanta e, distraída, declara que precisa de um bom café para começar o dia.

Eu reviro os olhos e me deito novamente na cama, puxando o lençol por cima da cabeça. Posso ficar deitada o dia inteiro... é uma pena que as pessoas não pensem o mesmo. Logo que a Manu sai do quarto, meu celular começa a vibrar. Praguejo silenciosamente, mas olho a tela para saber o que está acontecendo, já que não poderia ser o despertador.

É uma mensagem da Luana.

> Luana [12:42]:
> Combinei com as meninas de discutir sobre o projeto. Tá livre hoje?

Ah, droga.

Artur havia mencionado que havia uma festa e, mesmo que ele não tenha me convidado com todas as palavras, ainda estou com esperanças de que isso aconteça. Afinal, se ele não quisesse me convidar nem mencionaria, não é?

Sei que nem deveria cogitar sair novamente com tanta coisa para estudar, mas ele foi tão fofo ontem e, bem, fomos interrompidos no melhor momento, e estou louca para continuar de onde paramos. Sinto minhas bochechas esquentando só de lembrar como nossos corpos estavam grudados no carro.

Resolvo não responder nada para Luana e esperar algum sinal de vida do Artur. Ele não deve demorar muito para mandar uma mensagem caso queira sair realmente comigo.

Agora estou mais acordada do que nunca, então desisto de voltar a dormir e levanto rapidamente da cama, um pouco mais animada. Ao calçar os chinelos, encaro a pilha de material para estudar. Suspiro.

Só mais uma festa e acabou, vou me dedicar pelo resto do semestre, penso. Posso até prometer para o meu cérebro, mas nós dois sabemos que eu não tenho certeza.

Com exceção de Gustavo, encontro todo mundo lá embaixo. Talita e Bernardo estão assistindo à televisão deitados no sofá. Desde a discussão na festa da semana passada, eles estão mais grudados do que nunca. Manu está concentrada num livro de receitas.

— O que você tá fazendo?

Ela estende uma das mãos para que eu fique em silêncio e espere ela terminar, em seguida me explica:

— Encontrei essa receita de bolo de chocolate e acho que vai ficar uma delícia.

A cada dia eu me surpreendo mais com ela. Pode ser a garota decidida e espirituosa, uma amiga carinhosa e agora está tentando virar confeiteira. Isso só prova que nunca devemos achar que conhecemos uma pessoa completamente.

— Você vai na festa que vai rolar hoje? — pergunto, tentando parecer despreocupada enquanto me sento em um dos banquinhos e me apoio no balcão.

— Que festa? — Ela me pergunta com a testa franzida enquanto despeja a farinha de trigo em um copo medidor.

— Não sei. O Artur mencionou alguma coisa sobre ir a uma festa hoje.

— Ai, droga! — Ela deixa um ovo cair no chão enquanto tentava quebrar a casca na borda da vasilha. — Deve ser alguma festa da galera de Medicina. Minha cota de festa deles é uma por mês. Geralmente a mais legal é a primeira porque vai gente de outros cursos também. As outras são chatas.

Observo enquanto Manu limpa a sujeira. Claramente não deve saber nada sobre a festa de hoje e nem pode usar dos seus artifícios para me levar também. O único que poderia me ajudar é Gustavo, mas depois da noite passada, ele não é opção.

— Ele convidou você pra essa festa? — Manu me pergunta depois de limpar toda a bagunça. Ela nem tenta disfarçar empolgação, pois seu tom de voz é sério, bem diferente da animação de ontem à noite, antes de eu contar que Artur e Cauê são amigos.

— Não exatamente — respondo meio sem graça. — Ele só falou que tinha essa festa hoje.

— Hum...

Ela aperta um botão na batedeira e a casa inteira é invadida pelo barulho irritante. Talita e Bernardo protestam, mas não consigo escutar o que eles estão dizendo; os dois olham para a cozinha com cara feia. Manu apenas dá de ombros e observa a gororoba.

Recebo outra mensagem. Abro rapidamente esperando que seja de Artur, mas é Luana novamente.

> Luana [13:20]:
> Aliás, não esquece que você tá me devendo detalhes sobre ontem.
> Espero que tenha se divertido muito, porque perdeu uma festa e tanto.

Nossa, eu nem me lembrava disso!

Eu já havia furado ontem com a Luana. Mas ela entenderia, certo? Começo a digitar, mas desisto. É melhor mandar um áudio de uma vez. Olho para Manu e sua batedeira, ela não dá nem sinal de que vai desligar. Talita e Bernardo já desistiram de assistir à televisão e estão dando uns pegas no sofá. Então volto para o quarto e começo a contar os detalhes para Luana. Sobre a escolha da hamburgueria, o passeio no parque e até que ele cantou.

Resolvo deixar de lado aquela coisa estranha com o Gustavo, mas obviamente ela quer saber o que aconteceu quando ele me deixou em casa.

Dessa vez escrevo uma mensagem mais contida.

> **Alina [13:34]:**
> Ah, a gente ficou, é claro. Mas nada demais.

> **Luana [13:34]:**
> Awwwn <3
> Ele convidou pra sair de novo?

Boa pergunta! Queria ter uma nova opinião sobre o assunto da festa, mas para isso eu teria que contar que provavelmente iria furar com ela de novo.

> **Alina [13:35]:**
> Falou de próxima vez, mas ficou de mandar mensagem.
> Então ainda não tenho certeza.

> **Luana [13:36]:**
> Ah, que bonitinhos!

> **Luana [13:37]:**
> Ei, espera! Ele chegou aqui em casa.

> **Alina [13:37]:**
> Quem???

> **Luana [13:37]:**
> O Artur, óbvio! Deve estar falando com o Cauê sobre a festa
> com os calouros de hoje.

Ah, ela sabe da festa. Fico apreensiva e nervosa novamente. Ele já teria me enviado uma mensagem se quisesse que eu fosse, não é? Ou o fato de ele falar sobre a festa já foi um convite?

Será que pegaria muito mal enviar uma mensagem? Escrevo uma que não deixe claro que estou implorando para que ele saia comigo, por mais que seja essa a intenção.

> **Alina [13:44]:**
>
> Oi, Artur! Adorei a noite de ontem! Na verdade, já estou pensando
>
> que estou com saudade daquele hambúrguer, hahaha.
>
> E aí, quer fazer alguma coisa hoje?

Quando aperto "enviar", estou quase sufocando de tanto nervosismo. Fico tão desesperada que jogo o celular bem longe, morrendo de medo de ler qualquer resposta. Por que diabos fui falar do hambúrguer? Não bastava ter comido um lanche daquele tamanho? Meu deus, que vergonha!

O celular emite uma notificação de mensagem, e meu coração dispara. Acabou. Ele vai dizer que não gostou e que não vai rolar mais nada. É o fim.

Não vou nem ler.

Vou sim.

Encaro a tela desligada, me preparando para abrir a mensagem. *Vamos lá, Alina. Não vai ser nada demais se ele te der o fora. Bola pra frente! Foi só o primeiro cara com que você saiu na faculdade.*

Antes que eu mesma pudesse decidir ler, a tela acende com uma nova notificação e lá estão duas mensagens de Artur.

> **Artur [13:47]:**
>
> Oi, gata! Também curti muito. Sabe que aquele hambúrguer
>
> realmente cairia bem agora?

Um sorriso bobo se forma no meu rosto. Até que essa parte nem foi tão idiota.

> **Artur [13:47]:**
>
> Poxa, queria muito poder sair contigo hoje :(
>
> Mas hoje tem aquela festa que te falei, lembra? É festa da Medicina
>
> e só pra alunos. Festa de recepção dos calouros, sabe como é...

Depois de ler a mensagem tenho a sensação de que alguém está apertando meu coração com a mão. Tento focar na parte que ele diz que queria sair comigo para não dar importância para a decepção de falar que hoje não vai dar, ou que não sou bem-vinda na festa.

Escrevo com dificuldade uma resposta, pois lágrimas ameaçam se formar nos meus olhos. Engulo em seco e tento não ficar tão triste. Teremos outras oportunidades, certo?

Alina [13:49]:

Ah, que pena.

Fica pra próxima então? :)

Artur [13:51]:

Mas é claro! Não vejo a hora de te ver de novo!

Vê se não vai aprontar hoje, hein?

Sorrio para a mensagem.

"Não vejo a hora de te ver de novo".

Eu também.

Quando aviso Luana que estou livre para me encontrar com as meninas, ela explode de empolgação. Diz que pela primeira vez na vida vai ter uma noite de garotas com amigas que ela realmente gostaria de convidar. Parece que a mãe dela a obrigou a fazer alguma coisa parecida no ensino médio, mas que tudo não passou de uma humilhação.

— Todas ostentavam seu manequim 38 e se divertiam pintando as unhas. Minha mãe estava nas nuvens, parecia que ela era amiga íntima de todas e aposto que, se tivesse a oportunidade, me substituiria por alguma delas — conta Luana ao telefone. Seu tom de voz não é triste, apenas cansado, como se já estivesse acostumada a lidar com isso. — Tudo que eu queria naquela época era me trancar no quarto pra jogar *League of Legends*.

Não menciono para Luana que não conheço o jogo, só de nome. Sinto que seria uma baita bola fora.

— Ela até ficou empolgada que vou trazer vocês aqui e já está preparando vários tipos de comida — complementa. — Essa é a parte boa. Mas já garanti que vai ser bem diferente. Acho que só o fato de eu estar indo pra festas e trazendo amigas aqui é o suficiente para ela não insistir muito em outros aspectos.

— Como assim?

— Ah, deixa pra lá — Luana desconversa. — *Mães.*

Não entendo o que ela quer dizer com isso, mas não insisto. O meu relacionamento com a minha mãe é ótimo e ela nunca insistiu para que eu fizesse qualquer coisa que eu não quisesse. Inclusive quando decidi mudar de cidade. Mesmo assim tenho certeza de que ela estaria feliz em me ver saindo mais e, principalmente, fazendo amigos. O que será que ela pensaria do Artur?

— Certo. Oito horas na sua casa, então?

— Isso! — Luana confirma, animada. — Vai precisar de carona?

— Ah, deixa que eu me viro — respondo rapidamente.

Realmente não quero incomodá-la mais. Nunca dormi em casa de amiga e, até eu vir morar aqui, nunca havia sequer dormido fora de casa.

Parece que você anda experimentando muitas primeiras vezes, hein, Alina?

Pelo menos a mais importante ainda estava ali à espera, sem muita previsão de quando seria riscada da lista. Fazer sexo não era a minha prioridade no momento.

CAPÍTULO 11

Mais tarde me dou conta de que não tenho como ir. Todo o dinheiro que eu trouxe para passar o mês está indo embora mais rápido do que eu gostaria e, enquanto eu não arrumar um estágio, só poderei gastar com coisas extremamente necessárias. E táxi não é uma.

Volto para a cozinha para perguntar sobre as linhas de ônibus a Manu. Ela ainda está na saga do bolo de chocolate. Dessa vez, concentradíssima observando o forno. Como se o fato de ela ficar de olho fizesse assar mais rápido.

Gustavo também está por ali, vasculhando os armários em busca de alguma coisa. Tento ignorar que ele está vestindo apenas uma samba-canção e pergunto sobre um ônibus que eu pudesse pegar.

Quando Gustavo finalmente encontra o que estava procurando, umas canecas de alumínio com o brasão da Atlética de Medicina, ele vira para mim, intrigado.

— Ônibus? Por que você quer ir de ônibus?

— Não tenho dinheiro pro táxi — confesso um pouco envergonhada.

— Então eu te levo — declara como se isso fosse óbvio. Depois abre a torneira e começa a lavar as canecas.

Até cogitei pedir uma carona a ele, mas logo desisti da ideia porque realmente não estou muito confortável depois do que rolou. Mas, pelo que pude ver, só eu estou me sentindo assim, pois ele está agindo como se nada tivesse acontecido.

Antes que eu pudesse dizer um "não, obrigada", ele sorri para mim enquanto enxagua as canecas, colocando-as em um escorredor logo em seguida.

— Não faz sentido não dar carona se vamos na mesma direção.

Certo, esse sorriso foi inesperado. Um sorriso de um cara como Gustavo vestindo apenas uma samba-canção não é qualquer sorriso.

Fico até atordoada.

— Vou me arrumar — ele avisa enquanto caminha em direção à escada, ignorando o meu estado. — A gente sai em uma hora.

Eu fico encarando até ele sumir no segundo andar. Não noto que estou com a boca um pouco aberta até voltar a atenção para a cozinha e ver a Manu ali, me observando com as sobrancelhas erguidas. Eu fecho a minha boca imediatamente e engulo em seco.

— Que foi? — pergunto na defensiva.

— Nada... — ela responde, intrigada.

O trajeto é estranho. Passamos a maior parte do tempo em silêncio. Na verdade, é até positivo. Ainda estou um pouco tonta com o perfume do Gustavo e não sei se saberia elaborar frases com algum sentido.

Sinceramente, não achei que ele poderia ficar mais bonito do que quando estava de samba-canção. Mesmo vestido, Gustavo é de tirar o fôlego. Embora o cabelo esteja bem penteado, ele não se preocupou em fazer a barba, deixou os fios que apareceram por ali de um dia para o outro, e isso o deixa com um ar mais misterioso. O fato de estar em silêncio só reforça a impressão.

Meus olhos estão fixos no asfalto iluminado pelo farol, tudo para não olhar para o cara maravilhoso ao lado. Preciso manter o controle. Afinal, eu estou gostando do Artur, certo? O Gustavo é apenas um garoto muito bonito por quem eu suspiro desde que cheguei na república. É engraçado, porque com exceção daquele primeiro dia, eu não pensei mais nele desse jeito. Nem mesmo na festa. Bom, talvez naquele momento que disseram que eu o puxei para dançar, mas eu estava bêbada demais.

Faço as contas, tentando imaginar quanto falta para ele me deixar na casa de Luana, mas poucos lugares são familiares para mim durante o caminho, então acabo apenas pedindo mentalmente para que chegue logo.

— Festa hoje, então? — pergunto para quebrar o gelo.

Ele sorri timidamente e olha para mim.

— É. Festa com os calouros. Não estou com muita vontade de ir, mas... — Ele dá de ombros e respira fundo. — Fazer o que, né? Vai que dá alguma merda? Alguém tem que ficar de olho pra não perder o controle.

— Mas tem mais gente lá, não é? — Tento manter o tom de voz o mais neutro possível, mas ele percebe a minha tentativa, porque logo assume uma postura defensiva.

— Tem — responde secamente. — Mas ninguém está muito preocupado com o andamento das coisas, além de quantas calouras vão pegar.

Tenho certeza de que o Gustavo falou isso para me atingir, mas não vou cair no jogo. Ignoro completamente.

— Ah, vai dizer que você não? — Dou um tapa em sua perna, brincando, mas acho que a tentativa de soar descontraída saiu meio estranha.

Gustavo encara onde eu o toquei e levanta as sobrancelhas com uma expressão interrogativa.

Desvio o olhar rapidamente para as mansões à direita e reconheço algumas. Tenho quase certeza de que estamos chegando.

— Não tanto — ele responde por fim, o que me faz voltar a olhá-lo. — Não saio com qualquer uma.

Gustavo para o carro na frente da casa de Luana e logo em seguida me encara, os olhos expressivos.

— Chegamos — anuncia, um sorriso triste se forma em seu rosto.

Percebo que eu estava ali o encarando feito boba, então rapidamente pego a bolsa e abro a porta do carro.

— Valeu pela carona.

— Não tem problema. — Ele pisca e eu fecho a porta. — Se cuida — ele diz pela janela aberta e então dá a partida no carro.

Fico observando Gustavo ir embora e só quando o carro some de vista é que volto a me dar conta de onde estou. Vou até o segurança e ele abre o portão antes mesmo que eu diga quem eu sou. Pelo menos é isso que penso até ver que um carro está saindo da garagem.

O carro preto para ao meu lado, e o vidro do motorista é abaixado. Cauê sustenta aquele sorriso que me dá calafrios, me avaliando de cima a baixo.

— Ei, gatinha. De novo por aqui.

Não sei o que responder. Apenas alterno o peso do meu corpo de um pé para o outro e coloco a bolsa na frente do peito, tentando de alguma forma me proteger. Cauê deve perceber o desconforto, porque o sorriso se abre ainda mais e ele balança a cabeça.

— A gente se vê por aí! — Então o vidro começa a subir e o carro segue na direção contrária à que Gustavo havia tomado.

Como irmãos podem ser tão diferentes? Enquanto Luana é divertida e simpática, ele é assustador e inconveniente.

— A senhorita vai entrar? — O segurança me desperta da confusão de pensamentos. — Já anunciei a sua chegada para a senhorita Luana.

Uau. Confirmo com a cabeça e o portão volta a se abrir. Observo a mansão à minha frente enquanto caminho. Não consigo definir se ela fica mais impressionante durante o dia ou durante a noite.

Antes que eu possa tocar a campainha, a porta se abre e Luana me encara com uma expressão impaciente.

— Achei que você nunca chegaria!

Lembro do caminho até aqui e penso: *eu também.*

Quando Luana me disse que a mãe estava empolgada, eu não imaginei o *quanto.* A mesa de jantar está repleta de bandejas com petiscos diferentes. Desde minicachorros-quentes até biscoitos que eu nunca havia visto na vida. Sem falar nos pratos e talheres sofisticados. Dá medo até de tocar.

— Eu avisei — diz Luana um pouco constrangida quando me vê encarando toda aquela comida.

— Eu queria ter uma mãe assim — Julia rebate e logo em seguida dá uma mordida em algo que, pelo tamanho, parece um sanduíche chique.

Ela e Sabrina haviam chegado antes de mim e já estavam sentadas. Ao contrário de Julia e de mim, Sabrina não parecia tão surpresa com toda aquela recepção. À sua frente está apenas uma xícara de chá que ela beberica.

— Que bom que todas chegaram! — A mãe de Luana vibra depois de descer as escadas e avistar todas nós ao redor da mesa. — Se eu já não conhecesse a Alina, acharia que vocês eram de mentira. — Observo Luana e ela murcha um pouco a cada vez que a mãe abre a boca. — Vamos, vamos! Sente-se, Alina!

Eu a obedeço instintivamente. Luana se senta ao meu lado, mas quando se serve de um dos cachorros-quentes, recebe um olhar de repreensão da mãe.

— Luana, querida — ela sorri, tentando ao máximo parecer gentil —, por que não come os sanduíches naturais? Preparei pensando em você: sem glúten e com pouca caloria.

Não basta o tal sanduíche ser pequeno, provavelmente deve ter gosto de papel.

— Mãe... — Luana tenta protestar, mas logo é interrompida.

— Você precisa perder os quilinhos que ganhou nas férias, lembra?

Desvio o olhar, um pouco constrangida, e tento escolher alguma coisa entre as mil opções. Eu realmente gostaria de comer alguns dos biscoitos, mas escolho um dos sanduíches nada apetitosos, em solidariedade à Luana.

— Viu, só? — A mãe de Luana me observa. Logo percebo o erro.

— Ótima escolha, Alina. Por mais que você e Sabrina realmente não precisem, é sempre bom manter a forma, não é?

Luana me olha, triste. Pelo jeito só piorei a situação. Julia encara o cachorro-quente, que tinha colocado no prato, tentando decidir se era a escolha certa, mas dá uma mordida. O que era para ser um momento de descontração acabou se tornando algo constrangedor. Luana não levou mais que dois pedaços do sanduíche sem graça à boca, e eu fiz o mesmo.

— Vamos subir? — a garota pergunta depois de algum tempo. — Podemos começar a discutir sobre o projeto.

— Mas eu achei que poderíamos conversar um pouco na sala de estar... — A mãe de Luana faz um biquinho, está realmente arrasada.

— Mãe! — Luana a repreende e, para nós, faz um pedido com o olhar. — Vem, gente.

Nós a seguimos em silêncio até o quarto, que continua impressionante. Julia e Sabrina nunca estiveram aqui; ouço alguns comentários de surpresa.

Luana senta na cama e abraça as pernas junto ao peito, visivelmente chateada.

— Desculpem. Minha mãe insiste para que eu me encaixe nos padrões dela, então cada dia é uma luta.

Nós nos entreolhamos, mas ninguém emite comentário algum. Não sei o que é estar no lugar de Luana e não conheço a história da Julia, então talvez a que chegue mais próxima de ter que lidar com a pressão do que pais ricos e famosos querem é Sabrina. E é ela mesma que tenta consolar a amiga.

— Eles dizem que só querem nosso bem, mas fica difícil quando não querem nem mesmo pensar no que *nós* queremos.

Ok, nem foi tanto um consolo. Isso só fez com que Luana mudasse de expressão triste para irritada.

— Sim! — a garota concorda com Sabrina. — Ela fica o tempo todo querendo que eu emagreça, dizendo que os caras não vão me querer porque sou gorda. Meu deus, qual o problema com um manequim 42? E, bem, se ela me visse na festa de ontem não ia dizer que os caras não me querem — conclui com um sorriso malicioso.

Todas nós rimos e, finalmente, o clima fica menos pesado. Luana nos conta sobre a festa de Administração. Sentimos um pouquinho de inveja de não ter nada parecido em Engenharia da Computação, o que nos obriga a frequentar as festas de outros cursos.

— Nem tem um mês de aula e eu já estou de saco cheio daquelas pessoas — Julia desabafa.

— A gente precisa ganhar essa disputa do projeto — complementa Luana. Ela se levanta da cama para sentar ao nosso lado no grande tapete felpudo. Formamos um círculo. Quase uma reunião de clube secreto. — Vocês pensaram em alguma coisa?

Nos entreolhamos e a animação vai embora. Ninguém tinha nada realmente bom.

— Tudo parece chato ou previsível — declara Sabrina, conferindo a lista de ideias no celular. — Falei com meu pai, mas ele não ficou muito feliz com o fato de ser a concorrente dele que está patrocinando essa edição.

— Eu realmente preciso da bolsa. — Julia cobre os olhos e suspira.

Não havíamos conversado sobre quem ficaria com a bolsa de estudos, mas ficou meio que estabelecido que seria a Julia. Ela ainda não havia conseguido resolver os problemas de documentação e estava morrendo de medo de não conseguir pagar.

— Chega de desânimo, pessoal — eu tento animá-las, assumindo uma postura confiante. Quando se trata de competir, sou a melhor, nada de ficar tímida ou com medo. — A gente vai conseguir. Vamos pensar em algo realmente legal e que possa ajudar as pessoas sem cair na mesmice. Podemos começar fazendo algumas entrevistas, que tal?

— Que tipo de entrevistas? — Luana não se mostra muito empolgada com a ideia de sair por aí enchendo as pessoas de perguntas.

— Perguntar pro pessoal sobre o que eles têm dificuldade ou de que tipo de coisa precisam pra melhorar o dia a dia — respondo.

Nem eu mesma sei como montar essa entrevista, mas acho que seria um bom ponto de partida.

— Eu topo! — Sabrina fica radiante. — Talvez eu não possa ajudar muito na parte da técnica do projeto, então acho que serei ótima nessa função! Não tenho problemas em abordar desconhecidos.

— Não conheço muita gente, mas também posso ficar de olho no que os outros fazem durante o dia — Julia concorda.

— Acho que aquela página de fofocas também pode ser útil — sugere Luana.

— Ah, sim... Se não ajudar, pelo menos é um bom objeto de estudo sociológico — Sabrina destaca. — Vou dar uma olhada aqui.

Ela começa a digitar fervorosamente no celular e, quando finalmente encontra o que quer, faz uma cara estranha.

— Nunca tinha parado pra ler o que as pessoas escrevem nessa página — ela diz, meio enojada.

— Algumas coisas eram engraçadas — comento, curiosa para saber o que havia deixado Sabrina daquele jeito.

— Nossa! — exclama Luana, que havia pegado o notebook para também dar uma olhada. — Eles fizeram uma lista de garotas.

— Lista?

— Sim, olhem só. — Ela aponta para a tela do notebook.

Julia e eu nos aproximamos. É uma espécie de ranking com várias garotas da faculdade. Ao lado de cada nome, o curso e o semestre. O pior de tudo: a lista é dividida em categorias positivas e negativas. Adjetivos foram escolhidos para cada grupo, como gulosas, frígidas, topam tudo, Murta que Geme.

— Ah, não... fizeram referência a Harry Potter pra uma coisa dessas. — Luana se irrita.

— Como eu odeio os homens! — explode Julia.

— Meu deus, isso é horrível! — digo, assustada demais. — O que são esses números?

— No final do post eles avisam que é a quantidade de pessoas que já testaram — Sabrina faz aspas com as mãos — e concordaram com os adjetivos.

Ficamos algum tempo sem falar nada. É impossível acreditar que alguém seria capaz de fazer uma lista dessas e tornar pública e, pior ainda, que um grupo tenha concordado.

— Eles também avisaram que a lista seria atualizada com frequência — Sabrina termina de ler.

— Não consigo acreditar nisso. — Luana está inconformada. — Não conheço nenhuma dessas garotas, mas queria poder abraçá-las.

— Eu também — concordo. Leio novamente os nomes e tenho a sensação de que alguns são conhecidos, mas não consigo ligá-los a nenhum rosto.

Continuamos a conversar sobre outras publicações, já que não tínhamos mais clima para falar sobre o projeto. Mais tarde Julia e Sabrina avisam que precisam ir embora e então combinamos de fazer outra reunião na semana que vem. Teríamos uma semana para que surgisse alguma ideia sensacional.

— Acho que precisamos fazer alguma coisa por essas garotas — Sabrina, determinada, sugere antes de ir embora.

Talvez ainda um pouco abaladas, nós concordamos com a ideia.

CAPÍTULO 12

Acho que nunca dormi em uma cama tão confortável na vida! Estou em um dos quartos de hóspedes da casa de Luana e poderia ficar aqui para sempre. Ok, tenho uma relação muito forte com a minha cama, mas digamos que essa superou as minhas expectativas.

Confiro o horário no celular e então acordo, definitivamente, com o susto. Já é quase meio-dia e eu sou visita! Com que cara eu vou aparecer na frente de todo mundo? Serei a folgada que se aproveita da cama da casa dos outros e ainda acorda no horário de almoço!

Escrevo uma mensagem para Luana, pois, pior do que acordar a essa hora, é aparecer em público sozinha, com a maior cara amassada.

> **Alina [11:51]:**
> Já acordou?

Depois de alguns segundos tenho a resposta:

> **Luana [11:51]:**
> Acabei de acordar com essa mensagem.
> Por queeeee, Alina?

> **Luana [11:52]:**
> Como você acorda a essa hora da madrugada depois de dormir tão tarde?

> **Alina [11:52]:**
> Madrugada? Você tá louca? Já é quase hora do almoço!

> **Luana [11:53]:**
> Se você quer tanto comer é só ir lá na cozinha e se servir. Ninguém levanta antes das duas da tarde aqui em casa no domingo. A não ser meus pais, que já devem estar almoçando com algum casal de amigos no clube.

Duas da tarde? Uau. Além de uma cama extremamente confortável ninguém implica com o horário de acordar? Vou repetir que adoraria morar aqui para sempre. Sorrio só em pensar na hipótese, mas é claro que tiro da cabeça logo em seguida. Porque logo penso que estou na casa de estranhos, e por mais que eu *possa* dormir, já não estou mais com vontade. E não posso simplesmente levantar e ver o que tem na geladeira.

É por isso que envio outra mensagem.

> **Alina [11:54]:**
> Eu não vou simplesmente sair andando pela sua casa. Tenho vergonha!

> **Luana [11:55]:**
> Aff! Volta a dormir...

> **Alina [11:55]:**
> Não tô mais com sono...

Luana provavelmente voltou a dormir porque já se passaram mais de quinze minutos e ela não me respondeu.

> **Alina [12:12]:**
> Luana...

Sorrio para a notificação da mensagem logo em seguida.

> **Luana [12:12]:**
> Mas é chata, hein? Venha pro meu quarto, vou demorar um pouco pra acordar de verdade.

Eu me levanto rapidamente e encaro no espelho a combinação de "pijama" mais bonita que encontrei para passar a noite fora. Uma calça de moletom cinza meio desbotada e uma camiseta branca, a única que não tinha propaganda de loja ou vereador.

Quando abro a porta do quarto, coloco a cabeça para fora e espio para ver se não tem ninguém no corredor. Por mais que Luana tivesse me garantido que os pais não estariam, ela ainda tem um irmão, e, bem, ele não é das pessoas mais simpáticas.

Saio do quarto quando tenho certeza de que não vou esbarrar com ninguém, mas é claro que eu não contava com a minha sorte. Quando passo pela porta do quarto do Cauê, dou de cara com uma garota baixinha, que eu já havia visto na festa da semana passada. É uma das amigas da Manu. Infelizmente não consigo lembrar o nome e, pelo jeito, ela também não sabe quem sou.

Ela está com o cabelo todo desarrumado e a maquiagem borrada. O rosto assustado, como se estivesse fugindo. Acredito que eu devo estar com a mesma aparência, tirando a parte da maquiagem, pois também levo um susto enorme quando nos esbarramos.

A garota não fala nada, apenas recolhe o sapato que ela havia deixado cair no chão, e sai correndo pelo corredor na direção contrária da saída.

— Psiu! — chamo, tentando não fazer muito barulho. Quando ela se vira para me encarar, com um olhar meio desesperado, faço um gesto apontando para o outro lado. Ela suspira e dá um sorriso sem graça.

Ela sai correndo, mas na ponta dos pés para não fazer barulho. Será que ela também estava com medo de encontrar alguém? Isso me faz lembrar de que o corredor não é o melhor lugar para ficar se não se quer esbarrar em ninguém. Então ando rapidamente até o quarto da Luana.

Quando abro a porta, está tudo escuro, e a luz do corredor invade, deixando à vista toda a bagunça que fizemos.

— Fecha a porta! — resmunga Luana em meio às cobertas. O ar condicionado deve estar na potência máxima, porque o quarto está um gelo!

Eu obedeço. Tento me lembrar da posição dos móveis e então vou até algo na extrema direita que suponho ser uma poltrona de leitura, com muitas roupas por cima. Jogo tudo no chão e me aninho, tentando me proteger do frio.

Algum tempo depois meus olhos se acostumam à escuridão e consigo ver um amontoado de cobertas se mexendo.

— Não consigo dormir sabendo que tem alguém me olhando — Luana diz depois de descobrir o rosto. O cabelo é uma coisa não identificável. Assim como eu, Luana não era das pessoas mais bem-humoradas pela manhã. Ou melhor, pela tarde.

— Acabei de dar de cara com uma garota no corredor — conto a Luana sobre a desconhecida. — Ela parecia um cachorrinho assustado.

— Deve ser alguma garota que o Cauê trouxe pra casa — desdenha Luana, como se para ela isso não fosse novidade. — Todo final de semana tem uma ou duas. Elas saem correndo de manhã, provavelmente com medo de encontrar meus pais.

Não menciono para ela que eu também estava com medo. Na verdade, isso me faz lembrar da festa a que Artur foi ontem. Ele não me mandou mais nenhuma mensagem desde que falou pra eu "não aprontar".

— Você acha que tem alguma briga entre o Artur e o garoto que mora na minha república, o Gustavo? — pergunto a Luana. Isso faz com que ela levante rapidamente. Aparentemente falar sobre meu interesse romântico é um motivo para acordar.

— Não sei, por quê?

Explico sobre o clima estranho entre os dois. Ela me repreende por não ter contado antes, mas depois pensa sobre o assunto.

— Que estranho... Eu nunca notei nada. Na verdade, o Gustavo não é muito próximo do Cauê. Então não sei muito sobre ele, além de que é bem gato. — Luana levanta as sobrancelhas para mim, sorrindo maliciosamente.

Antes que eu possa concordar ou não sobre a evidente beleza de Gustavo, alguém bate na porta.

— Luana? — chama uma voz masculina conhecida.

— Entra!

A porta se abre e lá está Cauê. Vestindo uma calça jeans e uma camisa polo preta, o cabelo bem arrumado e o perfume forte o bastante para chegar até mim. Ele me encara por alguns segundos, mas dessa vez sem qualquer comentário sarcástico ou brincadeirinha sem graça, pois volta a atenção para a irmã.

— Estou saindo pra almoçar, tá a fim?

— Claro! — responde Luana e ela logo pula da cama. — Vamos, Alina?

— N-n-não vai dar — digo rapidamente, gaguejando um pouco por mentir. — Tenho que ir pra casa, muita coisa pra estudar.

Dou de ombros, como se achasse uma pena não poder desfrutar da companhia dos dois. Eu até gostaria de almoçar com Luana, mas só de pensar em ter a presença do Cauê na mesma mesa que eu, meu estômago fica embrulhado.

— Ah, que pena — lamenta Luana. — No caminho a gente te deixa em casa então.

Concordo, relutante. Também não estou muito à vontade de sair de carro com eles, mas o que posso fazer se não tenho como ir pra casa sem dinheiro?

— Ok, valeu! — respondo com um sorriso forçado.

Cauê me observa por alguns segundos, concorda com a cabeça e antes de fechar a porta diz:

— Vejo vocês lá embaixo.

— Ele até pode ser irritante algumas vezes, mas é o melhor irmão do mundo. — Luana sorri, orgulhosa.

Até tento acreditar nela, mas é impossível pensar no Cauê como uma boa pessoa.

CAPÍTULO 13

Não tenho notícias do Artur até a segunda-feira, quando o encontro na saída da faculdade, depois de cortar caminho pelo estacionamento. Fiquei bem chateada por passar o fim de semana sem qualquer mensagem ou sinal de vida, por isso tento ignorá-lo, mas fica meio impossível quando a única saída é passar bem ao lado do seu carro.

— Ei, gatinha — ele diz sorrindo enquanto está encostado no capô do carro, com os braços cruzados.

Aquele sorriso que faz qualquer pessoa amolecer, e, bem, eu não sou de ferro.

— Oi — respondo com um sorriso também. — Você não me respondeu mais nada. Aconteceu alguma coisa?

Tento ao máximo não soar como uma louca ciumenta. Afinal, não tínhamos nada sério, e não quero que ele saia correndo por achar que estou no seu pé.

— Bebi demais no sábado e ontem fiquei de molho — lamenta. — Nem tive tempo de pensar muito e hoje já precisei vir pra aula. Ia ligar no final da tarde, mas parece que o destino está do nosso lado, hein?

Ele segura a minha única mão livre, já que na outra estou segurando o notebook, e me puxa para mais perto. Artur me abraça pela cintura e se aproxima para um beijo. Ah, meu deus, que saudade que eu estava desse beijo!

Não me importo por estar no meio de tantos alunos indo e vindo, no estacionamento da faculdade, beijando esse cara. Tenho vontade de largar o notebook para ter as duas mãos livres, mas infelizmente precisaria parar de beijar para colocá-lo em um lugar seguro. Não posso simplesmente jogá-lo no chão! Faço o que posso com a única mão disponível, acariciando a sua nuca e agarrando seu cabelo, trazendo-o mais para perto. Ele percebe o movimento, porque faz o mesmo com as mãos, segurando o meu corpo o mais próximo possível.

A coisa acaba evoluindo e uma das mãos de Artur escorrega pelo meu quadril e desliza pela minha bunda, invadindo o bolso da calça.

— Ei, vão para um quarto! — um cara grita do outro lado do estacionamento. Não ouso olhar, envergonhada demais com o que acabou de acontecer.

Artur sorri, achando a situação toda muito divertida. Em seguida, dá um tapa na minha bunda e mais um beijo rápido. Deve interpretar a minha surpresa como algo positivo, pois nem se importa em pedir desculpas.

— Quer uma carona? — Ele pergunta ainda me abraçando. Tento

me afastar um pouco para respirar, mas ele continua com as mãos na minha cintura. — A gente pode continuar isso em outro lugar — sugere baixinho no meu ouvido, beijando meu pescoço logo em seguida, e isso me faz estremecer.

— Tenho um compromisso — minto. Não sei exatamente porque menti, mas de repente me sinto desconfortável. Não quero entrar no carro com ele porque sei muito bem onde isso pode dar.

A expressão de Artur murcha um pouco, mas ele tenta sustentar o sorriso, me dá um beijo rápido e pisca.

— Tudo bem — Artur concorda, e isso me deixa mais tranquila. — Tem uma festa sexta, tá a fim de ir? Dessa vez, posso te levar.

— Claro! — respondo, sorrindo, tentando me animar.

Ele está me convidando para uma festa! Com ele!

— Combinado. — Ele me dá outro beijo rápido. — Você precisa ir, não é? — Concordo com a cabeça, me arrependendo por ter mentido. — A gente se vê então.

Depois de me dar mais um beijo no pescoço e me deixar com vontade de mais, assim, meio atônita, ele entra no carro e dá a partida. Só percebo que estou ali parada, bem no meio do estacionamento, fazendo papel de idiota, quando ele já virou a esquina.

Olha só o que esse rapaz faz comigo!

Enquanto caminho em direção à república, penso que fui burra demais ao não aceitar a carona. Pelo menos não iria andando e curtiria mais um pouco. Não tenho por que ficar apreensiva, certo? Se eu não me sentisse segura só precisaria falar para parar. Com certeza ele entenderia, não é? Claro que sim.

Mais tarde, depois de revisar o edital do projeto que nos foi entregue na aula e destacar as partes mais importantes para discutir com as garotas na reunião, resolvo tomar um banho.

A casa está silenciosa, o que quer dizer que não é o momento de pico no banheiro. Posso aproveitar a paz do chuveiro e ainda parar de pensar um pouco em Artur. Desde que nos encontramos, não consigo parar de pensar no que teria acontecido se eu aceitasse sair com ele e no que talvez possa ser irresistível na sexta-feira.

Desço as escadas e encontro apenas Gustavo dormindo no sofá com a televisão ligada. Manu deve estar no quarto, porque eu escutei a voz dela reclamando alguma coisa com o garoto quando chegou mais cedo. Já Talita e Bernardo eu não faço ideia de por onde andam, provavelmente se agarrando em algum canto.

Abro o chuveiro e a água demora para cair, espero alguns segundos para esquentar. Essa ducha tem aquele fiapo de água gelada irritante bem no meio da quente. Por mais que eu tente ignorar, está lá, bem no meio das minhas costas.

Quando já estou com o cabelo cheio de shampoo, tentando enxaguar o olho, ouço um estalo. A luz do banheiro apaga, e a água do chuveiro fica gelada.

— Ahhh, droga! — praguejo, tentando me proteger da água gelada enquanto procuro o registro no escuro. — Gustavo? — peço ajuda.

Acho muito difícil o garoto acordar com o grito, mas ele é o tipo de cara que dorme com a televisão ligada e acorda quando alguém desliga. E, bom, se a energia elétrica caiu, ele com certeza deve ter acordado quando a televisão parou de funcionar.

— Gustavo? — berro novamente.

Nada.

Eu me equilibro na ponta dos pés para ver alguma coisa pela janelinha do banheiro, e percebo que as luzes dos vizinhos estão acesas. Provavelmente o disjuntor havia desligado só aqui.

— GUSTAVO! — Dessa vez não me importo se os vizinhos estão escutando; já estou impaciente e passando frio. Para ajudar, o shampoo voltou a escorrer para dentro do meu olho. — ALGUÉM?

— Que foi, Alina? — pergunta Gustavo do outro lado da porta do banheiro.

Dou um suspiro de alívio. Finalmente.

— Tem como você dar uma olhada no disjuntor? Tô no meio do banho.

— Não.

— Não? Como assim não? — pergunto, começando a ficar irritada.

— Nós não vamos ligar. — Dessa vez é Manu. — Fomos nós que desligamos.

— Meu deus, eu tô no meio do banho! — esbravejo. — Por que vocês desligaram?

Escuto risadas do lado de fora.

— Uma semana de banho frio, Alina! — avisa Manu. — Não pensou que a gente fosse esquecer seu trote, né?

Só me faltava essa.

— Manu, eu tô com shampoo na cabeça! Por favor! — imploro.

— Nunca ouviu que tomar banho com a água muito quente deixa o cabelo oleoso? — diz ela, divertindo-se.

Xingo baixinho. Não estava preparada para trote nenhum. É a terceira semana! Achei que eles até tinham esquecido. Droga!

— Uma semana! — repete Manu, dessa vez mais distante da porta, como se estivesse caminhando para longe.

Eu odeio banho gelado. Não consigo tomar nem mesmo nos dias mais quentes. Apesar de ainda ser verão, hoje é um daqueles dias que já anuncia a chegada do outono, com uma chuva irritante. Não é um bom dia para tomar banho frio.

— SE EU FICAR DOENTE VOCÊS VÃO TER QUE SE VIRAR COM OS MEUS REMÉDIOS — grito para os dois. Afinal, nem tenho dinheiro para gastar com farmácia. Se eu morresse de pneumonia, a culpa seria deles! Ok, Alina, você já está passando do limite no drama. Respiro fundo e começo a contar até três para abrir a válvula do chuveiro novamente.

Quando a água gelada volta a cair em cima de mim, é como se uma faca fosse enterrada no meu peito. Inspiro e expiro rapidamente, como se isso fosse ajudar. Passo as mãos com urgência pelo cabelo, tentando tirar o shampoo que, logo hoje, resolveu fazer mais espuma do que nunca. Não me preocupo com o condicionador e uso a própria espuma do shampoo para ensaboar o resto do corpo.

— Merda, merda, merda — praguejo o tempo todo.

Quando desligo o chuveiro, escuto um novo estalo, e todas as luzes voltam a se acender. Nem me enrolar na toalha é o suficiente para que eu pare de tremer.

Ao sair do banheiro, encontro Manu e Gustavo sentados no sofá, sorridentes. Olho tão irritada para eles que tenho certeza de que, se não estivesse congelando, provavelmente estaria vermelha de raiva.

— Ah, Alina! É brincadeira! — Gustavo tenta me acalmar, mas é impossível.

— Vão se foder. — Quase rosno para eles. É o máximo que consigo fazer sem bater os dentes.

Os dois me olham, chocados. Provavelmente nunca me viram falar um palavrão desses, mas nem ligo. Subo as escadas pisando duro. Eles vão se ver comigo. Ah, vão. Ou então... próximo calouro, se prepare.

Bato a porta com toda a força. Logo depois escuto passos na escada.

— Uma semana! — cantarola a Manu na minha porta.

Odeio ser caloura.

CAPÍTULO 14

Na sexta-feira, Artur passa para me buscar perto das dez horas da noite. Eu agradeço a sorte de o Gustavo ter saído bem antes; eu não tenho que aguentar eles se enfrentando mais uma vez.

Implorei para que Luana também fosse, e, relutantemente, ela concordou. Claro, só depois de me falar que eu estaria devendo uma, já que, quando ela me convidou, eu não pude ir.

— São as mesmas pessoas da festa da semana passada? — pergunto para Artur, preciso saber mais.

Estou um pouco apreensiva, dessa vez não terei Manu e Talita por perto.

— Mais ou menos — Artur responde enquanto liga a seta para virar à esquerda. — É só a galera da Medicina. É a festa da Mansão da Med. Então a gente restringe bem mais os convidados. Um por aluno.

— Eu deveria me sentir lisonjeada pelo convite, então? — pergunto em tom de brincadeira, dándo um tapinha no seu ombro.

— Sim. — Ele sorri e apoia a mão na minha coxa, só tirando para trocar a marcha.

— Uhhh, tô me sentindo a caminho do culto de uma sociedade secreta.

— É como se fosse — ele concorda. — As coisas que rolam por lá ficam por lá. — Ele desvia o olhar da rua movimentada à frente para me encarar, então pisca e volta a sorrir. — Eu tô brincando, mas vai ser legal. Você vai gostar!

Artur dá um tapa de leve na minha perna, tentando me encorajar, e então leva a mãos para pentear os cabelos castanhos enquanto se olha no retrovisor. Estamos parados no sinal vermelho, bem no centro da cidade. Eu me pergunto onde será a festa dessa vez. Prometo silenciosamente que não ficarei bêbada, pois não tenho muita certeza se saberei voltar para casa sozinha.

Nós atravessamos toda a cidade para então chegar a um bairro mais calmo. As casas foram ficando cada vez mais espaçadas, e então deixamos o asfalto para uma rua de terra. A estrada é ladeada por árvores dos dois lados e permanece assim até chegarmos em uma espécie de mansão — uma mansão abandonada.

Bom, pelo menos é isso que parece quando avalio o lugar. É possível ouvir a música alta dali, mas não acredito que aquele lugar tenha vizinhos por perto.

— Um bom lugar para uma boa festa de Halloween — comento.

— Ah, já teve uma no ano passado — Artur diz enquanto aciona o alarme do carro. — Encontramos a casa no final do ano e decidimos repetir a dose para essa festa. Legal, né?

— Depende do que você quer dizer com "legal". Eu achei macabro.

Ele dá uma risada e se aproxima, passando o braço direito por cima do meu ombro. Artur é dois palmos mais alto que eu, então a posição não fica desconfortável.

— Não fica com medo — ele tenta me tranquilizar. — Estou aqui pra te proteger dos fantasmas.

Eu reviro os olhos, e ele sorri para mim, depois se aproxima para me dar um beijo rápido.

— Pronta?

Concordo com a cabeça e enfim caminhamos em direção à música alta. Mesmo sob a proteção de Artur, não consigo me sentir segura naquela casa e com tantos desconhecidos. Eu me pergunto onde está Luana.

Ela me encontra assim que passamos por uma porta enorme de carvalho. Está sentada em um sofá que não parece nada convidativo e dá um pulo quando me vê.

— Nossa, por que demorou tanto? — sussurra quando chega perto o suficiente.

— Oi, Luana — cumprimenta Artur, e ela faz um gesto com a cabeça. Ele então olha para mim. — Vou pegar alguma bebida, tá a fim?

Digo que sim, e ele sai na direção de onde deve estar o bar.

— Chegou há muito tempo? — pergunto para Luana.

— Uns quinze minutos — responde. — Mas o Cauê me abandonou assim que chegamos. Fiquei ali sentada porque não encontrei ninguém conhecido. Essa festa tá muito diferente das outras!

Eu não tenho como comparar muito, mas estou com a impressão de que é diferente mesmo. Observo a sala e vejo um casal bem ocupado em um dos sofás encardidos. Algumas tábuas de madeira pregadas na parede bloqueiam as janelas, e o tapete está imundo. Tenho calafrios só de pensar em como deve ter sido a festa de Halloween.

— Vamos lá pra fora? — pergunto para Luana, incomodada demais para ficar dentro daquela casa.

— Por favor! — Ela concorda, grata por eu ter sugerido antes que ela precisasse pedir.

Andamos por um corredor e várias pessoas também estão por ali, algumas apenas conversando e outras se beijando. Passamos por uma escada e eu me pergunto como não deve estar no andar de cima.

Quando chegamos na parte de fora, é como se fosse uma festa normal. No ambiente iluminado, as pessoas estão mais comportadas. Um cara que eu reconheço ser da Atlética está comandando a playlist. Quatro freezers estão dispostos com as bebidas. E muita gente conversa ou dança no gramado.

— Por que você não esperou aqui? — pergunto para a Luana.

— Não tive coragem de passar pelo corredor.

Eu entendo.

Artur se aproxima com as bebidas, trouxe inclusive para a Luana. Não é cerveja dessa vez, mas uma espécie de suco rosa.

— O que é isso? — pergunto, desconfiada.

— Suco de frutas vermelhas com vodca. Não quer? Eu pego outra coisa.

— Não, não — eu o interrompo. — Parece bem melhor que cerveja.

— Cuidado que isso é tipo aquele suco que você bebeu na semana retrasada. — alerta Luana.

Olho em dúvida. Dou de ombros e resolvo arriscar, um copo não vai dar em nada.

Quando tomo o primeiro gole, Artur sorri e leva uma daquelas canecas de alumínio com o brasão da Atlética de Medicina à boca.

— Vai beber? — pergunto, assustada.

Ele me olha com surpresa, não entendendo a pergunta.

— Você veio dirigindo — acrescento pausadamente.

— E o que tem? — Ele sorri e seus olhos brilham, como se me achasse uma tolinha. — Não dá nada, confia em mim.

— Não volto com você se beber — aviso, dessa vez mais séria.

Ignorar aquela cerveja da primeira vez que a gente saiu é uma coisa, agora sabe lá quanto ele vai beber hoje. Antes que eu pague para ver, prefiro avisá-lo e, quem sabe, conseguir uma carona.

Sua expressão muda rapidamente. Ele engole em seco, olha para o conteúdo da caneca de alumínio e uma sombra de irritação passa por seu rosto, mas logo é substituída por um sorriso cortante. Ele concorda e, enquanto sustenta meu olhar, derruba todo o conteúdo da caneca no chão.

Uma poça se forma aos meus pés, um pouco do líquido respinga nas minhas pernas. Não reclamo, porque a forma como ele está me olhando já é assustadora.

— Não vou beber — Artur anuncia. Então respira fundo, se aproxima, me dá um beijo na testa e caminha até uns garotos que também estão com canecas iguais à que ele segurava.

— Ok, isso foi estranho — declara Luana.

Mesmo estando na companhia dos amigos, Artur me observa de longe. Eu desvio o olhar e dou o meu melhor sorriso para Luana.

— Não tem problema — digo e tento mudar de assunto. — Vamos dançar?

Ela me olha, surpresa.

— Perdeu a vergonha, é?

— Acho que esse suquinho — digo e levanto o copo — tem alguma fórmula mágica.

Ela ri, entrelaça o braço no meu e vamos em direção à pista de dança. Luana conhece algumas pessoas por causa do irmão, então não foi tão difícil nos enturmarmos.

Depois de alguns copos eu já percebo que estou um pouco *leve* demais. Não no ponto que cheguei na primeira festa, mas achando qualquer coisa engraçada.

O gramado já não está mais tão cheio de gente como antes, e eu me perdi de Luana na pista. Quando pergunto por ela para Artur, ele me assegura de que está tudo bem e de que ela havia entrado na casa. Isso me parece estranho. O que Luana foi fazer lá dentro? Sinto que preciso procurá-la, mas logo minha atenção está em Artur novamente. Eu sorrio, abobada, meus lábios estão ficando dormentes.

Estamos escorados em um dos freezers de bebidas, onde não está mais tão iluminado. Artur começa a me beijar, apertando meu corpo contra o dele. Minha cabeça parece flutuar e a sensação é maravilhosa. Não estamos fazendo nada demais, a ponto de precisarmos entrar na casa do terror — embora subitamente eu sinta vontade de me trancar em um quarto com ele. Fico surpresa com essa ideia e minhas pernas tremem de leve.

Quando nos empolgamos com os beijos, ele fala baixinho na minha orelha:

— Quer ir embora daqui?

Dou uma risadinha baixa, lenta por causa da bebida.

— Tenho que encontrar a Luana.

— Ela veio com o Cauê. Olha, ele tá ali. — Artur aponta para uma roda de rapazes conversando perto da entrada da casa. — Ele não vai abandonar a irmã.

Talvez Artur tenha razão. Luana sabe se cuidar, e o irmão dela está logo ali.

— Certo.

Ele sorri, pega a minha mão e me conduz para a entrada da casa, em direção à roda dos caras.

— A gente tá indo — ele avisa ao amigo.

Cauê olha para mim e sorri para Artur. Um sorriso frio que me dá arrepios.

— Acho que alguém vai suspirar hoje — ele declara.

Eu enrugo a testa, tentando entender aquela frase, e ele ri da minha confusão.

— Com certeza! — Artur responde e logo em seguida me conduz para dentro da casa.

As risadas dos rapazes ficam para trás. Passamos pela cozinha, pelo corredor com as pessoas encostadas na parede e também pela sala. Não encontro Luana em lugar algum. Saímos da casa e o que vejo faz com que eu esqueça a minha amiga.

Gustavo está encostado em seu carro, abraçando uma garota loira baixinha — só consigo ver os cabelos extremamente lisos porque ela está de costas. Ele nota a nossa presença e sustenta o meu olhar até nos aproximarmos do carro de Artur. Percebo o seu maxilar tenso novamente. Ele não tira os olhos da gente.

Tropeço nos meus próprios pés e, ao fechar a porta do carro, observo pelo retrovisor que Gustavo está se afastando da garota. Artur também percebe, porque abre um sorriso e logo em seguida dá a partida, dirigindo em direção à estrada de terra. Mesmo confusa e sonolenta, continuo observando Gustavo pelo retrovisor. Ele faz um movimento em nossa direção, como se tentasse decidir entre vir atrás ou não. A garota loira o impede, e logo depois Artur faz uma curva fechada para a direita e eu os perco de vista.

Continuo não entendendo o que está acontecendo.

— O que tá rolando entre vocês dois? — pergunto devagar.

Minha língua está um pouco pesada, então não tenho certeza se Artur entendeu, porque demora um tempo para responder.

— Quem?

— Você e o Gustavo.

Ele suspira e segura com força o volante.

— Não sei. A gente só não se dá muito bem — ele responde, mas logo troca de assunto. — Gostou da festa?

Concordo com a cabeça e pisco lentamente.

— Acho que aquele suco me pegou de verdade.

— Relaxa, você tá em boas mãos.

— Você tá dirigindo bêbado? — pergunto, pois em alguma parte da festa eu o perdi e não faço ideia se bebeu ou não.

— Não — responde secamente. — Falei que não ia beber.

— Muito bom! — parabenizo sem abrir os olhos.

Não me lembro de nada até chegar em casa. Acho que isso está virando rotina. Dormi de verdade e só acordei com Artur me chamando. Acordo assustada e fico desanimada quando percebo que estamos na frente da república.

— Não quero ir. — Volto a fechar os olhos fazendo biquinho.

— Eu também não quero que você vá — ele fala perto da minha orelha e depois começa a dar beijinhos que descem pelo meu pescoço até chegar no ombro.

Sorrio e abro os olhos. Nós nos encaramos por alguns segundos e de uma hora para outra eu já estou acordada o suficiente para beijá-lo. Dessa vez não espero que ele me puxe para o seu colo. Eu simplesmente faço isso por vontade própria. Estou mais desinibida, me sinto mais

133

poderosa, como se pudesse fazer qualquer coisa. Ainda estou nas nuvens por causa da bebida.

— Espero que ninguém interrompa dessa vez — eu digo sem ar.

— Acho que corremos um sério risco se ficarmos aqui — ele alerta.

Dou um suspiro de decepção só de pensar.

— Quer ir pra outro lugar? — Artur me pergunta.

— Pra onde?

— Surpresa.

— Hm, não sei...

— Vamos! — Ele tenta me incentivar, voltando a beijar o meu pescoço.

— Assim é muito injusto... — Eu sorrio de satisfação e pulo para o meu banco.

— Vai valer a pena!

Sorrio, mas logo penso no que isso deve significar. Eu estava empolgada pelo momento e não queria que acabasse, mas isso não significa que quero algo mais do que *pegação*. O nervosismo toma conta de mim assim que ele dá a partida no carro. Não está mais tão divertido.

— Acho melhor a gente voltar — digo para Artur quando paramos em um sinal vermelho.

— O quê? — Ele pergunta sem entender.

— Quero voltar — digo com um pouco mais de firmeza, o máximo que a bebida me permitia. — Ainda tô meio bêbada, acho que é melhor eu ir pra casa.

Artur não parece contente. Para falar a verdade, está furioso. Mesmo contrariado, ele respira fundo e concorda com a cabeça. Faz o retorno com o carro em uma manobra arriscada para voltarmos pela mesma rua. Eu me encolho no banco.

Não falamos nada durante todo o curto trajeto, e, quando ele para novamente na frente da casa, dessa vez não olha para mim com carinho ou com desejo. Simplesmente não olha e fica encarando a rua à frente.

— Desculpa — digo, muito envergonhada e assustada.

Ele assente.

Demoro um pouco para soltar o cinto e pegar a bolsa e os sapatos que tirei em algum momento, esperando que ele me diga algo, mas reina o silêncio constrangedor. Abro a porta.

— Tchau — me despeço.

— Tchau.

Nenhum beijo de despedida. Nem mesmo um olhar.

Ele não espera para me ver entrar pelo portão e só então dar a partida, como da outra vez. Assim que fecho a porta do carro, ele vai embora e eu fico olhando, confusa, até ele virar à esquerda.

Estou sozinha.

CAPÍTULO 15

Fico até tarde na cama no domingo. Nem ao menos consegui dormir direito, pois passei a noite inteira pensando no que havia acontecido. O que eu fiz de errado? Por que o Artur saiu daquele jeito? Verifico várias vezes o celular para me certificar se ele havia me mandado alguma mensagem.

Um pouco antes do meio-dia escuto um comentário engraçadinho da Manu no corredor sobre eu ter aproveitado para valer a noite anterior.

Mal sabe.

Quando resolvo dar o ar da graça no andar debaixo, já passa das quatro da tarde. Encontro apenas Manu sentada com fones de ouvido em um dos sofás, equilibrando o notebook no colo. Ela está concentrada no que vê na tela enquanto a televisão exibe um programa de competição de cantores.

Pego um pouco de água na geladeira e me deito encolhida no outro sofá, olhando para a televisão sem realmente prestar atenção. A minha cabeça ainda está latejando, mas dessa vez não tenho certeza se é da ressaca ou de tanto chorar.

— Essa tristeza é ressaca ou aconteceu alguma coisa? — Manu me pergunta e tira os fones, deixando de lado o notebook

Dou de ombros, desanimada, e engulo em seco tentando disfarçar a vontade de chorar. Se eu soubesse que ainda estava tão sensível nem teria saído do quarto.

— Você não tá com cara de ressaca.

— Que bom. Seria péssimo se estivesse — digo com rispidez, não tenho intenção de descontar a mágoa na Manu, mas a resposta é quase um reflexo.

— Então o que foi? — Nenhum sarcasmo. Seu tom de voz é acolhedor e carinhoso, Manu está dedicando toda a atenção a mim, prestando atenção em cada detalhe, como a minha mãe faria. Não estou olhando para ela, mas consigo perceber que ela ainda me observa. Mesmo assim não respondo, não tenho certeza se estou a fim de falar. Porém, tenho a leve impressão de que ela já tem uma ideia do que aconteceu.

Sinto meu celular vibrar e rapidamente o pego, desejando que seja uma mensagem de Artur. Eu me encho de esperanças, mas logo vem a decepção. Jogo o aparelho nos pés, contrariada. Minha operadora escolheu essa hora para avisar que meus créditos estão acabando.

— Você não precisa me contar. — Manu, que observava a cena, insiste em conversar. — Mas saiba que eu tô aqui.

É o suficiente para que eu comece a chorar. As lágrimas simplesmente saem sem controle e não tenho como disfarçar. Os soluços vêm logo em seguida, e começo a ficar sem ar. Eu me sento no sofá para que seja mais fácil controlar a respiração, mas não dá certo. Manu corre para o meu lado e passa um dos braços nos meus ombros.

— Ei, não fica assim. — Ela tenta me consolar, mas isso só faz com que eu chore ainda mais. — Tenho certeza de que tem homem nisso... — Concordo com a cabeça, e ela estala a língua em reprovação. — Eles não merecem, Alina. Eu sei porque já aconteceu comigo, mas veja só... São apenas babacas.

— Mas... eu... — Tento explicar a situação, mas mal consigo respirar.

— Calma. Respira fundo e primeiro para de chorar, só depois me conta o que aconteceu.

Manu faz os movimentos para que eu inspire e expire, e pede que eu a acompanhe. Levo alguns minutos para me controlar, mas finalmente as lágrimas param de escorrer e os soluços soam menos desesperados.

Ela não pede para que eu comece a falar, simplesmente espera até que eu esteja pronta. Respiro fundo mais uma vez.

— Estava tudo certo. A festa foi legal, bebi vários copos de suco com vodca... já estava um pouco mais alegrinha. — Ela revira os olhos. — Então ele me trouxe pra casa. A gente começou a se beijar e estava tudo muito bom. — Sorrio tristemente ao lembrar. — Daí eu disse que seria péssimo se alguém nos interrompesse de novo. — Olho para Manu, e ela concorda com a cabeça, me incentivando a continuar. — Ele sugeriu que fôssemos pra um lugar mais tranquilo e eu concordei, porque estava muito empolgada. Só que no caminho pensei melhor e pedi pra voltar. Ele concordou, mas ficou muito bravo. — Sinto Manu ficar tensa ao meu lado. — Veio em silêncio, mal olhou na minha cara e simplesmente arrancou com o carro assim que desci. — Uma lágrima solitária desce sem fazer escândalo. — Ele nem me mandou mensagem hoje. — Mostro o celular para ela.

Manu ouve tudo sem me interromper, e respira fundo quando termino, quase como se estivesse aliviada.

— Como eu disse, os caras são babacas. Ele achou que seria uma ótima oportunidade de transar e ficou puto quando você disse que não. Ele estava bêbado também?

— Não.

— Pior ainda. Você estava bêbada, e ele, sóbrio. Ele que deveria ter falado não.

Coloco as mãos no rosto com vergonha.

— Ei. — Ela tira uma das mãos. — Lembra do que eu disse? — Franzo o cenho. — Você não tem que fazer nada que não queira! Principalmente se envolver sexo.

Balanço a cabeça em compreensão, mas isso não me impede de ficar triste.

— Estava tudo tão legal, sabe? Achei que seria diferente.

— Bem-vinda à terra das desilusões amorosas! — Manu abre os braços e sorri.

Sorrio sem achar a menor graça.

— Pelo menos ele te trouxe de volta — ela comenta, baixinho. — Ficou bravo, mas não tentou fazer nada. Fico feliz que apesar de tudo você esteja bem.

Manu disse as últimas palavras carregadas de tristeza, deixando o clima ainda mais pesado, como se conseguisse imaginar exatamente o que poderia ter acontecido e isso lhe causasse dor. Tenho a sensação que tem alguma coisa para me contar, mas ela apenas sorri e tenta me animar.

— Hora de parar de pensar nisso e focar no cara gato que tá cantando agora — ela aponta para a televisão.

Eu deixo o assunto sobre o Artur morrer, e não pergunto nada para Manu. Apenas me concentro em passar aquele tempo com a minha amiga e esquecer um pouco o que estava me deixando triste. Então assistimos juntas à parte final do programa de TV. Torcemos para que alguns cantores não sejam eliminados e, quando um deles escolhe "Sugar" do Maroon 5 para cantar, nós acompanhamos a plenos pulmões.

Gustavo entra na sala bem no meio da performance, mas só notamos sua presença quando a música termina e ele bate palmas. A minha vontade é de cavar um buraco e me esconder. Estou descabelada, com uma bermuda velha e uma camiseta que o meu pai ganhou em um sorteio de uma rádio da minha cidade.

— Acho que vocês duas deveriam se inscrever para a próxima temporada — ele comenta.

Mais uma vez ele está agindo como se nada tivesse acontecido. Como se fosse o Gustavo daquele primeiro dia, quando nos conhecemos.

— Os técnicos ficariam impressionados. — Manu balança os cabelos como em um comercial de shampoo, e pisca para Gustavo. — Os outros candidatos não teriam chance!

— Com certeza. — Gustavo olha para mim e o sorriso que estava ali desaparece, transforma-se em uma expressão angustiada. Ele então pega a mochila aos seus pés. — Bom, vou subir porque não quero mais atrapalhar o show.

— Vocês estão muito estranhos — comenta Manu com as mãos na cintura quando ele já está no segundo andar.

Eu desvio o olhar e encaro a televisão disfarçadamente. Manu é muito observadora, então está praticamente tentando me decifrar, mas continuo em silêncio. Não há nada para dizer. Não voltamos a conversar e nem cantamos juntas novamente, apenas ficamos ali até o programa acabar.

À noite, eu me lembro de Luana. Não havia recebido notícias dela desde o sumiço na festa e já eram oito horas. Penso em mandar mensagem, mas agora estou preocupada demais para esperar por uma resposta, então ligo. Ando pelo quarto enquanto o telefone toca uma, duas, três vezes...

— Oi? — Uma voz sonolenta atende o telefone na quarta chamada.

— Luana? Nossa, que alívio! — Eu me sento na cama com a mão no peito, verdadeiramente aliviada.

— Alina? Por quê? — Ela pergunta lentamente.

— Ontem eu perdi você na festa — confesso, com o coração apertado por ser uma péssima amiga. — O Artur insistiu que você estava bem e disse que eu não precisava me preocupar. Então acabei vindo embora, mas daí agora me lembrei disso e fiquei pensando que alguma coisa poderia ter acontecido. Você tá bem?

— Além da dor de cabeça, tá tudo bem — ela dá uma risadinha — Eu estava muito mal, peguei uma carona com uma das garotas que conheço por causa do meu irmão. Nem me lembrei de avisar você.

Então ela que tinha saído antes de mim? Eu me sinto menos pior. Pelo menos está tudo bem.

Escuto alguém perguntar por Luana no outro lado da linha e ela responder.

— Minha mãe tá chamando — ela volta a falar comigo. — Que droga! Como ela sabe que tô acordada? Preciso desligar, ok? A gente se fala depois, quero saber tudo de você e o Artur!

O tom dela é empolgado, como se esperasse algo muito legal. Mal sabe que tudo deu errado. Não menciono nada específico sobre a noite de ontem, mas prometo que vou contar tudo em outro momento. Encerro a chamada logo em seguida e confiro mais uma vez se recebi alguma mensagem do Artur.

Nada.

Deito na cama, encarando o teto, e me pergunto novamente onde errei. Fico tentando encontrar alguma resposta para isso tudo, mas é inútil. Caio no sono logo em seguida com o celular sobre o peito, esperando por algum sinal do Artur.

O celular não toca.

Na segunda-feira, a página de fofocas voltou a ser o assunto de todas as rodas de alunos da faculdade. As confissões sobre as aulas são substituídas por relatos das festas do final de semana e todo mundo comenta nos corredores.

Algumas Atléticas e Centros Acadêmicos ficam felizes com a repercussão, mas aos poucos as confissões vão ficando mais pesadas. Uma delas relata que os calouros precisaram lamber as partes íntimas de uma boneca inflável e outra é sobre uma menina que não se lembra de nada da noite anterior, mas que algumas pessoas haviam contado que um cara tinha insistido em levá-la para casa mesmo com ela desacordada.

O burburinho fica ainda maior quando uma versão atualizada do ranking é publicada. Dessa vez, novos nomes são adicionados à lista anterior. Descubro que faço parte dessa relação por Luana. Ela aparece na minha casa na segunda-feira à noite.

— O seu nome está no ranking das alunas, Alina. — Ela me mostra a tela do celular.

Até então eu pensava que seria apenas uma brincadeira, mas ao ler o que está escrito o meu queixo cai. Ali, logo abaixo de uma garota de Ciências Contábeis, no grupo das "frígidas" está o meu nome:

Alina Medeiros (1º semestre - Eng. Computação) - 1

Meu coração dispara e eu me sento no banco da cozinha sem saber o que fazer. Não choro e mal consigo respirar. Luana não diz nada, e eu continuo encarando a publicação quando Manu irrompe pela porta de entrada.

— Droga, você já viu — lamenta e olha para Luana. — Quem fez isso?

— As postagens são anônimas — Luana responde. — Não sabemos. Parece que vários caras começaram a mandar isso por whatsapp para outros. Não dá pra saber de onde veio. É a segunda versão, a primeira saiu na semana passada.

— Alina, você sabe quem pode ter feito isso, não é? — Manu me pergunta, séria.

Eu a encaro. Não pode ser. Ele não faria isso. Faria?

— Não acho que ele seria capaz.

Tento encontrar algum argumento.

— Quem? — Luana pergunta para Manu.

— O Artur.

— O Artur? — Ela pergunta sem acreditar. — Por que ele faria isso? — Luana volta a me encarar. — Aconteceu alguma coisa?

Conto tudo.

— Isso é muito estranho — diz Luana. — Pelo que conheço do Artur, ele não faria isso, mas se bem que — ela olha para mim, séria —, depois do que ele fez na festa quando você pediu pra ele não beber. Sei lá, ele parece ter duas personalidades.

— Ele chegou a falar com você? — Manu me pergunta.

Nego com a cabeça. Eu não tinha notícias desde que ele havia me deixado em casa depois da festa. Balanço a cabeça, sem conseguir acreditar no que estava acontecendo. De uma garota com quem ninguém se preocupava para alguém que está em uma listagem anônima com conotação sexual.

Parabéns, Alina, que grande mudança de vida!

Leio aquilo novamente. Por um momento tenho esperanças de que seja mentira. Um pesadelo e vou acordar em alguns instantes. É claro que não é, as coisas só pioram. Os comentários da postagem são debochados e fazem piada de tudo aquilo, achando muito engraçado. Os meus olhos se fixam em um comentário específico, de uma pessoa que eu conheço, de alguém que obviamente não falaria nada de bom. O cara que não passava um dia de aula sem dizer algo grosseiro para as garotas da minha turma.

Pedro Aguiar:
Não sei porque ainda deixam mulher entrar em Engenharia da Computação. Que vergonha.

É tudo de que eu não precisava. Não sei nem o que estou sentindo. Tristeza? Vergonha mesmo? Decepção? Raiva? Que vontade de sumir!

Tudo que eu quero é ficar sozinha, então aviso às meninas que vou para o quarto. Manu e Luana insistem que querem me ajudar, mas respondo secamente que ajudariam me deixando em paz. Logo me arrependo do que falo, porém não peço desculpas. Não são elas naquela lista. Não podem entender o que é estar na minha pele.

De uma semana maravilhosa para uma semana em que minha vida está desmoronando. Choro silenciosamente, pensando como seria minha vida se eu tivesse ficado na casa dos meus pais. Talvez eu tivesse feito a pior escolha afinal. Seria melhor se eu tivesse estudado na faculdade local, levando uma vida tranquila e sem grandes aventuras. Olha só no que dera eu querer ser diferente. Se tivesse continuado por lá não estaria passando por isso e teria o consolo dos meus pais. O meu porto seguro.

O celular começa a tocar, mas eu ignoro. Ele volta a tocar, e seja quem for é insistente, porque passa dez minutos me ligando. Enxugo as lágrimas e pego o aparelho para desligá-lo, porém quando vejo quem está me ligando o meu coração para. É Artur. Encerro a chamada e desligo.

Inacreditável. Não basta ter me exposto para a faculdade inteira? O que mais ele quer?

Afundo nos travesseiros e puxo a coberta até cobrir o rosto. Não vou ter coragem de ir para a aula nos próximos dias. Provavelmente nem no próximo semestre! Os meus colegas de curso devem estar felizes. Eu não sou só burra e incapaz de estar no mesmo curso que eles, mas também sou frígida. Um prato cheio para manterem o discurso machista de todo dia.

Não sei exatamente em que momento adormeci, mas acordo com vozes altas vindas do andar de baixo.

— Me deixa falar com ela! — Alguém grita.

— Ele só pode tá brincando! — devolve outro no mesmo tom. — Sai daqui agora ou eu quebro a sua cara!

Reconheço a segunda voz, é Gustavo.

— Eu não devo satisfação nenhuma — a mesma pessoa que falou da primeira vez volta a gritar. — Eu quero falar com ela! A Alina precisa saber que não fui eu!

Artur veio até aqui. Está lá embaixo tentando entrar para falar comigo, e Gustavo não quer deixar. Ouço mais alguns gritos, dessa vez femininos. Talita e Manu. Elas tentam acalmá-los, e Bernardo tenta ser diplomático:

— Ei, caras, vamos conversar de forma civilizada, ok?

Nenhum dos dois presta atenção.

— Sai fora da minha casa! — Gustavo volta a gritar.

Artur não iria embora enquanto não falasse comigo, e Gustavo não o deixaria subir. Resolvo descer para resolver a situação. Talvez eu mesma possa dar um soco em Artur. Ele merece.

— O que você tá fazendo aqui? — pergunto, enquanto desço a escada, provavelmente com o rosto bastante inchado de tanto chorar.

Todos olham para mim, e Gustavo balança a cabeça, decepcionado.

— Tentei ligar, mas você desligou o celular — Artur responde. — Não fui eu, Alina!

Qual personalidade do Artur está dominante agora? O assustador ou o bonzinho? Os cabelos estão bagunçados e a camiseta azul está toda

145

amassada. No rosto, um ar cansado. A testa enrugada de tensão. Não consigo mais acreditar nele. Por que resolveu logo agora falar comigo?

— Por favor, acredite em mim — implora quando não digo nada.

— Por que eu deveria?

— Porque não fui eu!

— Cara, vaza daqui — avisa Gustavo mais uma vez, impaciente.

Olho para Gustavo de cara feia, me perguntando por que ainda está aqui se isso não tem nada a ver com ele. Talita e Bernardo seguram seus ombros, provavelmente para impedir que realmente bata em Artur.

— Vamos conversar em outro lugar — digo, indo em direção a porta.

— Alina! — Gustavo se vira para mim, horrorizado com a minha decisão.

Eu o encaro. Seus olhos pedem para que eu não vá. Suplicam para que pelo menos dessa vez eu o ouça. Eu o ignoro e sigo Artur para fora da casa, fechando a porta. Gustavo não é nada meu para se meter na minha vida desse jeito.

Entro no carro de Artur, mas não olho para ele, não sei o que aconteceria se eu o fizesse. Apenas observo a rua escura adiante. O poste na frente da república está apagado novamente. Para que diabos esse negócio serve se não fica aceso na hora em que é mais necessário?

— Você acredita em mim? — Artur pergunta em voz baixa.

Naquele momento, eu me lembro do Artur fofo, divertido e atencioso que tocou violão naquele parque, que me fez sentir especial; alguém totalmente diferente do que havia me deixado sozinha naquela mesma rua.

— Eu tenho todos os motivos para não acreditar — respondo sem alterar a voz e ainda encarando a rua sombria. Observo um cachorro pequeno farejando as sacolas de lixo amontoadas próximas ao poste inútil. O caminhão do lixo não havia passado, ele podia fazer a festa.

— Eu sei — ele responde e tenta segurar a minha mão, mas desvio rapidamente do toque. — Me desculpa, tá? Eu fui um cretino aquela noite. — Continuo observando o cachorro, ele agora tenta abrir com a pata um dos sacos pretos, deve ter encontrado algo de interessante. — Eu só fiquei muito puto por você me fazer de otário! — Agora sim eu o encaro. — Mas não fui eu que postei aquela lista. — Ele implora para que eu acredite.

— Eu fiz *você* de otário? — pergunto, ultrajada. — Eu só não quis transar! Eu estava bêbada! Não tava a fim, ok? Daí você simplesmente ficou puto e não falou mais comigo!

Ele concorda com a cabeça.

— Nem uma mensagem, Artur! — falo alto e depois me pergunto se seria possível ouvir de dentro da casa. — Agora quer que eu acredite que não foi você quem fez aquela lista? — Um sorriso sarcástico se forma nos meus lábios. — Seria muita coincidência, não acha? As outras garotas da lista já passaram por você também?

— Eu nem sei o que eu preciso fazer pra que você acredite em mim — diz depois de um longo silêncio, ignorando o que mencionei.

— Nada — respondo baixinho.

Fecho os olhos e massageio as têmporas, estou começando a ficar com dor de cabeça.

— Me desculpa pelo que eu fiz aquele dia. — Ele se aproxima e faz carinho no meu rosto. Eu me arrepio com o seu toque. — Fui um idiota.

Mordo a língua antes que um "te perdoo" saia da minha boca. Eu não seria mais burra ainda. Abro a porta rapidamente e digo antes de sair:

— Não seja idiota com a próxima.

Saio do carro e passo pelo portão sem olhar para trás. Quando entro em casa, ele ainda não havia nem dado partida. Fecho a porta e começo a chorar copiosamente. Só depois de alguns segundos é que escuto o carro indo embora.

Quando abro os olhos, encontro Gustavo me observando do topo da escada, de braços cruzados. Ele não diz nada. Permanece lá, me encarando. Me julgando? Com pena? Louco para dizer um "eu avisei"? Eu sustento o olhar, desafiadora. Passamos algum tempo assim, mas ele desiste primeiro e então desaparece no segundo andar.

Será que isso tudo pode piorar?

CAPÍTULO 16

Não vou para a aula pelo resto da semana. Não tenho certeza se não ir chama mais atenção do que enfrentar a situação, mas não quero dar a cara a tapa para descobrir.

Nenhuma outra lista é publicada na página de fofocas. Porém a postagem sempre aparece na linha do tempo das pessoas, porque sempre tem alguém comentando ou marcando o amigo. Algumas pessoas postam confissões repudiando a lista, outras dizem que querem dar algumas sugestões para incrementá-la. Uns babacas.

É claro que não existe nenhum homem naquela lista e também não surge uma versão masculina.

Não sei como as outras garotas que foram indicadas estão se sentindo.

Só sei que *eu* estou me sentindo um lixo.

CAPÍTULO 17

Luana traz os trabalhos que foram passados na aula para que eu possa recuperar o que perdi. Se tem uma coisa que não quero é provar que aqueles caras da minha sala estão certos. Passo o final de semana todo estudando, já faz mais de sete dias que não saio de casa e não tenho a mínima intenção de fazer isso.

Tenho vergonha do que as pessoas vão dizer, apesar de não ter certeza se sabem que eu sou a Alina da lista ou se ao menos se lembram da existência dela.

Artur tenta falar comigo mais algumas vezes, mas eu ignoro. Ele não volta aqui em casa. O que é melhor, porque eu provavelmente deixaria Gustavo bater nele. O que também não sei se ele tentaria de novo, porque não conversamos mais. Aquela garota loira da festa da Mansão da Med começa a frequentar a república quase todos os dias, então não temos realmente nada para conversar.

Na verdade, mal abro a boca para falar. Manu e Talita tentam me animar, e Bernardo até conta as piadas de sempre, mas simplesmente não estou no clima.

Ligo para os meus pais no domingo, preciso pelo menos dar sinal de vida.

— Olha quem se lembrou da gente, Carlos! — Minha mãe atende me "acusando", com jeitinho, de ser uma péssima filha.

— Oi, mãe... — cumprimento sem muita animação.

— O que foi? — pergunta, preocupada. — Aconteceu alguma coisa?

— Não — minto. — Só estou muito cansada. A faculdade tá bem puxada.

Não deveria mentir, mas não sei como contar que fui parar em uma lista de adjetivos sexuais exposta para a faculdade inteira. Olha só no que a menininha que eles haviam deixado ir para a cidade grande está se tornando.

— Ah, querida... — Minha mãe lamenta. — Daqui a pouco já é o feriado de Páscoa e você vai poder descansar!

Ela tem razão, na semana que vem passarei o feriado com eles e poderei tentar deixar de lado um pouco da minha vida aqui em Pedra Azul. Agradeço mentalmente e imploro para que o tempo passe rápido. Eu só quero que o semestre acabe de vez.

— Não vejo a hora.

— Eu também! — Minha mãe se anima. — Vou fazer aquela lasanha que você adora e o bolo de cenoura também!

Sorrio. Voltar para a casa dos meus pais me fará bem.

Pergunto quais são as novidades por lá e minha mãe conta que está como sempre, apesar de todos os turistas já terem ido embora agora que o verão acabou. Ela diz sentir minha falta, e admito que também estou morrendo de saudades. Por fim, combinamos que eles irão me pegar na rodoviária na semana seguinte, e eu me despeço.

Pela primeira vez em muito tempo desejo ser a Alina do passado de novo. Tentar ser diferente não está sendo uma boa experiência.

— Ei, você! — Mais tarde Manu me chama da porta do quarto que deixei entreaberta. — Tá na hora de sair da caverna, né?

— Não, obrigada — respondo sem olhar para ela. — Tenho muita coisa para estudar.

Estou concentrada resolvendo um algoritmo para a aula de quarta-feira. Eu teria que voltar para a aula em algum momento, então estava disposta a me dedicar um pouco para surpreender todos aqueles babacas e, claro, um dos poucos professores que acreditam em mim.

— Você já ficou enterrada dentro de casa a semana inteira — insiste. — Aliás, você limpou esse quarto? Tá com um cheiro bem ruim.

Reviro os olhos e continuo encarando o que havia escrito até aquele momento.

— Poxa, Alina! — Ela dá um tapa na porta, que bate na parede com um estrondo. — Você precisa sair dessa. Vamos, a gente não vai fazer nada demais. Só comer uma pizza.

Meu estômago escolhe exatamente aquele momento para se manifestar, o que só deixa a Manu muito mais convencida.

— Viu só?

Balanço a cabeça, rindo da ironia, e lembro que foi uma noite parecida com essa que fez com que tudo começasse.

— Vou ficar por aqui, Manu, só... vou ficar aqui.

Ela não fala mais nada. Depois de me observar por um tempo, simplesmente vai embora deixando a porta aberta. Suspiro, cansada. Custava deixar fechada?

Quando penso que ela havia desistido, ouço passos vindo na direção do meu quarto novamente. Estou quase gritando um *Manu, me deixe em paz*, quando me dou conta que meus quatro colegas de república estão espremidos na porta.

— A gente não vai sair daqui se você não for junto — Talita diz de braços cruzados. Ela é a mais sensata e, ao contrário de Manu que parecia uma criança insistente, ela simplesmente fica ali em pé, serena, como se tivesse certeza absoluta de que vou mudar de ideia.

— Gente, eu realmente preciso estudar — imploro.

— Você também *realmente* precisa sair desse quarto — Manu rebate e então dá uma cotovelada em Gustavo.

Ele tosse e muda de uma posição desinteressada para uma mais convincente.

— Elas têm razão. Você precisa dar uma volta.

Eu o observo, tentando desvendar o que realmente acha de tudo aquilo, mas Gustavo desvia o olhar logo em seguida.

— A gente não vai deixar você conhecer nenhum cara hoje — Bernardo fala inocentemente, mas Talita olha apavorada para ele e isso me faz rir. — Desculpa, não era exatamente o que eu queria dizer — diz, envergonhado e morrendo de medo da Talita.

— E aí? — Manu cruza os braços. O que é isso? O Esquadrão dos Braços Cruzados? — O que vai ser?

— Tá bom. — Eu me rendo. Eles não vão me deixar em paz enquanto não fizer o que estão pedindo, então seria perda de tempo continuar discutindo.

— Finalmente! — Manu levanta os braços.

— Eu falei que a intervenção ia funcionar — comemora Bernardo. Talita dá um tapa de leve para ele calar a boca.

— A gente espera lá embaixo — Gustavo avisa.

Concordo com a cabeça. Quando saem fechando a porta, dou uma olhada no meu reflexo. Estou um caco.

Nunca deixei que meu cabelo chegasse nesse estado de nó. E o que aconteceu com essa calça? Há quanto tempo está no meu corpo?

Vasculho o armário para encontrar alguma roupa limpa e dou um suspiro de alívio quando encontro um short lá no fundo e uma camiseta cinza que eu não lembrava que havia trazido.

— Vai ter que servir — murmuro ao cheirar as peças. Não estão nas melhores condições, mas eu realmente não tenho mais nada para vestir. Que saudade da mágica que fazia minhas roupas aparecerem limpas no meu armário quando eu morava na casa dos meus pais.

Levo menos de cinco minutos para estar em uma versão apresentável. Talita e Manu franzem a testa quando me veem — claramente não concordam com a minha definição do que é apresentável —, mas não falam nada e eu também não dou importância.

Eles cumprem o que prometem, e vamos todos para uma pizzaria, não muito movimentada. Nada de bares badalados com mesas de sinuca perigosas ou hamburguerias da moda. Na verdade, é um ambiente familiar.

— Mesa para quantos? — O garçom que nos recepciona pergunta diretamente para Gustavo.

Percebo que Manu fica levemente incomodada por ele se direcionar automaticamente a um homem do grupo.

— Cinco — Gustavo responde sem parecer ter notado qualquer coisa errada.

O garçom sai em direção a uma mesa mais afastada das famílias e me pergunto se ele fez isso de propósito, porque passamos por diversas mesas vazias com lugares suficientes para todos nós sentarmos.

— Que lugar... interessante — Manu declara depois de todos nos acomodarmos e o garçom se afastar com os pedidos de bebida.

Certamente esse não é um lugar que Manu frequenta.

— A comida daqui é muito boa — diz Gustavo, ignorando o sarcasmo na voz da amiga.

— Espero que sim — ela rebate e então olha para mim. — Viu só? Um ambiente muito legal para você voltar a ter convívio em sociedade.

Eu sorrio forçadamente, mas não digo nada porque o garçom está de volta com as bebidas.

— Vocês podem se servir no buffet ali do lado e assim que estiverem prontos para receber as rodadas de pizzas é só sinalizar. — Então ele aponta para uma espécie de roleta que tem indicações de "pizza doce", "pizza salgada", "pizza doce e pizza salgada" e "satisfeito".

Agradecemos as informações, mas nenhum de nós parece estar com vontade de conferir as opções do buffet. Então Manu logo sinaliza "pizza salgada" na roleta.

— Ei, eu quero doce — digo.

— Como assim? — Ela pergunta. — Você não come a salgada *antes* da doce?

— Se eu esperar para comer a doce depois da salgada não vou ter espaço suficiente para ela — respondo e coloco a opção democrática na roleta.

— Você é louca. — Manu cruza os braços e se encosta na cadeira.

— Sabe que eu nunca tinha pensado nisso? — Bernardo argumenta, pensativo. — Eu raramente consigo comer a pizza de morango com chocolate porque já estou cheio de quatro queijos, calabresa e pepperoni.

Olho para Manu com um sorriso triunfante. Ela revira os olhos com desdém e muda de assunto.

— E aí, o que vocês vão fazer no feriado?

— Vou para a casa da minha família — responde Gustavo sem se empolgar muito. — Sou obrigado.

— A gente vai para a casa dos pais da Talita — Bernardo responde com nervosismo. — Eles finalmente vão me conhecer.

— Eles vão adorar você, amor— Talita tenta tranquilizá-lo. — Assim como eu adoro.

— Tirando a parte que eles ainda não sabem que sou negro, não é? — declara Bernardo, deixando Talita constrangida. Ele fica ainda mais apreensivo e começa a passar a mão constantemente pela cabeça raspada.

— É claro que eles sabem — rebate Talita. — Nunca falei diretamente porque não é algo que eu ache que realmente importa. Ah, mãe, a propósito, meu namorado é negro — diz sarcasticamente, imitando um telefone com a mão direita. — Eles me seguem no Facebook, curtem as nossas fotos... Você ainda acha que eles não sabem?

Um silêncio desconfortável toma conta da mesa.

— E você, Alina? — Manu pergunta, parecendo muito interessada, claramente tentando mudar o clima.

— Vou para a casa dos meus pais também.

— Só eu vou ficar, então? — Manu faz um beicinho. — Meus pais vão viajar pra Argentina... Visitar a família... Vão me abandonar aqui. — Ela dá de ombros. — Não é como se eu fizesse muita questão de ir pra casa, de qualquer maneira.

— Eu até convidaria você pra vir com a gente — diz Talita. — Mas já vai ser intenso o suficiente apresentar um namorado.

— Eu também não posso convidar porque meus pais achariam que você é minha namorada — Gustavo declara. — E não adiantaria eu insistir em amizade, você sabe.

Manu concorda com a cabeça, ambos parecem compartilhar alguma informação. Ela então olha para mim em expectativa. Penso por um instante sobre ter Manu com a minha família um feriado inteiro. Nunca tive amigas na minha casa, não sei como seria. Mas... por que não? Isso distrairia meus pais.

— Hum. — Dou de ombros — Você pode ir comigo se quiser.

— Com toda essa empolgação você até me convenceu — ironiza ela.

Eu a encaro sem emoção.

— Ah, certo — diz e dá de ombros, como se não fosse grande coisa. — Eu não teria nada melhor pra fazer aqui mesmo.

Combinado. Manu vai comigo para a minha cidade no feriado de Páscoa. Só depois eu penso no que minha família vai achar. A garota louca da capital. Certamente uma tempestade com a qual eles não estão acostumados.

CAPÍTULO 18

A semana passa rápido e, quando vejo, estou dentro de um ônibus com a Manu ao meu lado reclamando dos assentos.

— São só duas horas — tento acalmá-la.

— Duas horas mortais você quer dizer, né? — ela rebate.

Coloco os fones de ouvido e deito levemente a poltrona porque sei que será apenas questão de tempo até eu pegar no sono. Às vezes durmo antes de o ônibus sair da rodoviária.

— O que você tá fazendo? — Manu me pergunta em pânico quando fecho os olhos por alguns segundos e dou um bocejo.

Olho para os lados em busca de algo que me comprometa.

— Você não vai dormir, né? — pergunta com risadas nervosas.

— Humm, vou.

— Você não pode! — diz com os olhos arregalados. — Eu não suporto quase duas horas dentro de um ônibus com você dormindo. Pode acontecer alguma coisa!

Encaro o teto do ônibus e dou um suspiro alto. Será uma longa viagem. Se na maioria das minhas viagens de ônibus eu simplesmente durmo e só acordo no destino, dessa vez vou precisar passar duas horas olhando a estrada com ela, tentando conversar.

Começo a me arrepender de ter convidado Manu, mas então me lembro que minha mãe ficou muito feliz quando eu avisei que levaria uma amiga que havia sido "abandonada" pela família.

— Mas é claro, Alina! — ela disse. — Até parece que eu deixaria ela passar o feriado sozinha aí. Vou até pensar em outros pratos para o final de semana. — Escutei um barulho do outro lado da linha e imaginei que ela já deveria estar com o caderno de receitas em mãos. — Tadinha, ela deve estar se sentindo sozinha. Que pais são esses que abandonam os filhos em plena Páscoa?

Quase respondi que algumas semanas antes eu estava pensando em nem voltar para casa no feriado, mas achei que ela não receberia a informação muito bem.

Posso apostar que ela está nos esperando com bolos e doces. Bom, vou mesmo precisar de um pouco do conforto da comida caseira porque eu não estou nem há dez minutos no ônibus e já quero sair correndo.

Manu passa a viagem toda perguntando sobre a minha cidade e a minha família. Se Laguna é realmente isso que todos dizem no carnaval. O que só me faz lembrar do cheiro de xixi que invade toda a beira-mar nessa época. Quando ela me pergunta se tenho irmãos e respondo que sim, logo se mostra interessada. Então já faço questão de dizer que ele é um ano mais novo que eu, ou seja, quatro anos mais novo que ela.

— Ah, não. — Ela faz um gesto com as mãos descartando a opção. — Não tô a fim de dor de cabeça. Se os caras da minha idade já são uns idiotas, imagina os mais novos.

O fato de ela perder o interesse não descarta outra possibilidade: meu irmão vai ficar fascinado por ela. Eu nem tinha pensado nisso! É claro que um garoto de dezessete anos, no ápice da adolescência, vai acabar se apaixonando por uma garota mais velha, loira, estilosa e do tipo que não está nem aí para as regras convencionais. Bom, pelo menos assim talvez ele se comporte um pouco melhor do que o normal.

Somos recebidas por beijos e abraços logo na rodoviária.

— Ai, minha filhinha. — Minha mãe me observa com lágrimas nos olhos e uma das mãos cobrindo a boca. Quando eu me aproximo arrastando a mala, ela joga os braços em cima dos meus ombros. — Estava com tanta saudade!

Minha mãe é mais alta do que eu e seu abraço é confortável; me sinto segura. Se eu nunca tivesse saído dos seus braços, o meu nome nunca entraria naquela lista.

— Eu também estou morrendo de saudade, mãe — admito. Estar ali de novo me faz ter vontade de nunca mais voltar para a Pedra Azul.

Meu pai me abraça e beija minha testa. Seus olhos ficam brilhantes, mas ele é orgulhoso demais para chorar. Eu abraço meu irmão rapidamente e noto que seus olhos estão perplexos observando algo atrás de mim.

Manu aparece sorrindo e também arrastando uma mala de rodinha. Eu volto a encarar o meu irmão e dou um tapa em sua orelha. Ele me olha, bravo, mas logo volta a atenção para Manu e penteia os cabelos com as mãos como se isso fosse dar algum jeito naqueles fios rebeldes, ainda mais compridos do que antes.

— Acho bom você ficar na sua — digo, quando me aproximo novamente dele, e então o encaro duramente.

Ele me olha como se não me reconhecesse.

— Quem é você e o que fez com a minha irmã?

Dou de ombros e sorrio.

— Manu, esses são meus pais, Miriam e Carlos.

Ela se aproxima de cada um para cumprimentá-los. Minha mãe demora um pouco mais no abraço, provavelmente pensando na *pobre garota abandonada*. Então indico meu irmão.

— Esse é o Raul.

Ele acena com a cabeça, começando a ficar vermelho. Aposto que Manu está se divertindo com a situação. Ela se aproxima, dá um beijo na bochecha dele, um abraço levemente mais demorado do que deveria e então sorri.

A inesperada timidez de Raul é interrompida por meu pai que anuncia:

— Bom, todos apresentados e abraçados, hora de ir pra casa!

Olho para o meu irmão de relance e ele está enxugando a testa suada enquanto Manu está ocupada em seguir meus pais até o estacionamento. Quando ele percebe que estou de olho, seu rosto aflito é substituído por uma expressão *blasé*, típica de adolescente. Como se ele não se importasse com nada. Eu sorrio, e ele sai marchando furioso na mesma direção que nossos pais foram.

Até que isso vai ser divertido.

Como eu imaginava, minha mãe nos recebeu com comida. A mesa do café da tarde já está pronta nos esperando quando entro pela cozinha. Dou um gemido de alegria quando vejo no centro da mesa, ele: o bolo de cenoura.

— Derramei a calda de chocolate logo antes de sair — diz minha mãe.

— Eu acho que consigo comer esse bolo inteiro — admito.

— Imagino. — Minha mãe sorri e olha para Manu, que arrasta a mala do carro até a cozinha. — Coloquem suas coisas lá no quarto e vamos logo tomar o café. Tive que escutar o Raul reclamando o caminho todo porque eu não deixei ele comer nada antes de vocês chegarem, e acho que não posso impedi-lo por mais tempo.

Naquele momento, ele também entra na cozinha, olhando encantado para Manu. Quando percebe que estou observando, fecha a cara pronto para me dizer algum insulto. Atrás dele, uma bola de pelos entra na cozinha fazendo a maior bagunça.

— Dobby! — Eu me abaixo para abraçar o meu cachorro. — Meu deus, você tá enorme! — Olho para Raul. — Você voltou a dar besteira pra ele comer?

— Claro que não! — Ele responde na defensiva. O que obviamente é uma mentira.

— Você ainda vai matar o meu cachorro! — esbravejo. Dou um beijo em Dobby no meu colo e olho para a minha amiga. — Vem, Manu, meu quarto fica por aqui.

A decoração está exatamente a mesma. Os porta-retratos da família no rack da televisão, o sofá cinza e as almofadas coloridas que dão um ar mais descontraído. Talvez a única coisa diferente seja um dos quadros na parede. É o certificado de melhor aluna do ensino médio. Eles finalmente haviam enquadrado e colocado ao lado de outras conquistas.

Enquanto eu tinha certificados acadêmicos, meu irmão preenchia a parede com medalhas esportivas. No ano passado ele participou das Olimpíadas Estudantis e havia conquistado a medalha de ouro no futebol.

— Uau! — Manu fica impressionada com a parede. — Vocês são estrelas.

— A estrela é o meu irmão — confesso. — Prêmios de matemática ou química não são muito populares.

Ela me encara como se eu fosse louca.

— Eu bem que queria ter algum prêmio pra mostrar pra minha mãe. Até hoje ela acha que eu sou uma perda de tempo.

Quando finalmente me jogo no colchão coberto de lençóis limpos e macios, quase choro de emoção. Sinto falta daquele cubículo tão meu. Minha escrivaninha espaçosa em que passei tanto tempo estudando. Meus livros queridos que lotam as prateleiras. Sinto saudades até mesmo do armário velho, que era o suficiente para as minhas poucas roupas, e da minha cama, que sempre vivia cheia de ursinhos de pelúcia. Eles estão ali, todos organizados, me encarando como se eu nunca tivesse me mudado.

— Meu deus, é realmente a caverna da garota nerd que chegou lá na república há dois meses — Manu zomba quando dá uma olhada no quarto, se concentrando principalmente na coleção de livros e logo em seguida nos bichinhos de pelúcia.

É tarde demais para escondê-los, e ela já está dando gargalhadas. Eu fico vermelha, mas não há nada que eu possa fazer. Essa sou eu, ou *era* eu. Não sei mais como me definir.

Encaro a calça jeans justa com rasgos nas coxas que estou usando e a camiseta preta colada ao meu corpo que Manu insistiu para que eu comprasse, depois de dizer que não poderia me emprestar todas as suas roupas. Bem diferente dos moletons e das calças largas de antes. Como posso ter mudado tanto em tão pouco tempo? Era esse o meu objetivo quando cheguei na república, mas será que foi uma boa escolha?

— Onde posso deixar a mala? — Manu me pergunta, e então eu aponto para um canto entre o armário e a cama. Esse quarto certamente vai ser pequeno para nós duas. Ainda bem que será por pouco tempo.

A sexta-feira e o sábado durante o dia se resumem em minha família contando sobre o meu passado esquisito para Manu, e meu irmão tentando impressioná-la. Não sei o que é mais constrangedor.

Manu certamente está se divertindo.

— Ah, a Alina quando acorda é um terror! — Minha mãe comenta no sábado pela manhã, quando eu obviamente ainda estou me preparando para existir: tomando café silenciosamente.

— Com certeza! — Manu concorda. — Lá na república é uma disputa para saber quem é o pior quando acorda, ela ou o Gustavo.

Minha mãe parece se interessar pelo assunto quando um cara é citado. Para minha sorte, estamos só nós três na cozinha.

— Esse Gustavo é bonito? — Ela levanta uma das sobrancelhas e toma um gole do chá, tentando esconder o interesse.

Manu entende a pergunta e sorri para mim.

— Sim — concorda. — É o tipo de cara que pode ter qualquer garota que quiser.

Nisso eu tenho que concordar. Minha mãe olha para mim, mas sigo religiosamente o meu voto de silêncio até acordar de verdade.

— Mas ele nem faz tanta questão, sabe? — Manu comenta. — Ele não se aproveita da beleza e acaba se dedicando mais ao curso de Medicina do que à mulherada.

— Médico?

O que está acontecendo com a minha mãe?

— Pena que a Alina aqui não quer nada com ele — Manu diz tristemente, e eu quase me afogo com o café. O que ela pensa que está fazendo? — O Gustavo até ficou interessado, mas ela acabou se apaixonando por outro cara...

Espera aí! Como assim interessado? Fuzilo Manu com o olhar, mas ela me ignora.

Minha mãe ergue as sobrancelhas novamente, impressionada. Isso tudo é uma grande surpresa para ela, porém, acho que está tentando esconder a animação.

— Sua vida parece estar bastante movimentada, hein, Alina... — Ela espera que eu complemente com alguma informação sobre a minha "movimentada" vida amorosa, mas que pena... mal sabe ela tudo que está realmente acontecendo

Vou matar a Manu e sua boca grande!

Com um timing perfeito, meu celular escolhe aquele momento para vibrar. Eu verifico a mensagem, louca para me livrar da conversa que está rolando.

Entro em choque ao ver quem é: Artur. Manu e minha mãe até param de falar para me observar.

Tento reunir um pouco de coragem para ler, então respiro fundo antes de abrir.

Artur [9:12]:
Sinto sua falta.

Confesso, mesmo ciente de tudo que ele havia feito, a mensagem mexeu comigo. Sinto falta dos momentos que pareceram especiais, como se, de alguma forma, ele realmente sentisse por mim o que eu sentia por ele. Não amor, é claro, ficamos juntos por sei lá... duas semanas? Mas de alguma forma ele mexeu comigo. Fico pensativa pelo resto do dia.

CAPÍTULO 19

À noite não consigo dormir. A mensagem havia me deixado inquieta o dia inteiro e tenho quase certeza de que minha mãe e Manu notaram. Na verdade, minha mãe está curiosa sobre mim desde que cheguei. Ela diz que eu mudei, e tenho a impressão de que ela tenta me entender ou decifrar o tempo todo. Já Manu esperaria para me jogar contra a parede e perguntar o que está acontecendo.

Rolo na cama e observo Manu no colchão ao lado da escrivaninha. Não temos quarto de hóspedes, afinal, cada filho queria ter seu próprio canto.

Será que ela já está dormindo?

Pondero por alguns segundos se vale a pena falar com ela sobre a mensagem. Ela mesmo dizia que não tinha o melhor histórico no amor, mas já tinha vivido muitas coisas, o que significa que talvez pudesse me dar conselhos úteis.

— Manu? — sussurro para a silhueta que enxergo no escuro, incerta se realmente quero acordá-la.

Ela se vira rapidamente em minha direção, mais acordada do que nunca. Manu não tem um sono leve, seria quase impossível acordá-la com aquele sussurro. O que quer dizer que ela estava esperando por esse momento.

— Eu tinha certeza de que você finalmente iria me contar alguma coisa — responde sem um pingo de sonolência na voz.

É claro que ela não estava dormindo.

— Você não tem jeito mesmo. — Respiro fundo e ligo o abajur ao lado da cama.

— Anda logo. — Ela dá um tapinha impaciente no meu colchão. — O que aconteceu?

Encaro o teto, ainda receosa, mas o que eu posso fazer agora? Ela já anseia pela fofoca.

— Artur me mandou uma mensagem — anuncio sem emoção.

— Foi por isso que você ficou desse jeito o dia todo? — Ela estala a língua desapontada, e eu prefiro não responder. — Meu deus, será que eu preciso perguntar tudo? O que ele disse?

Mostro a mensagem. Enquanto lê, ela levanta uma das sobrancelhas, avaliando o conteúdo, e depois me entrega o aparelho de volta.

— Ele realmente não desiste. — Ela balança a cabeça, contrariada, e depois me olha intensamente. — Você não vai responder, né?

Eu balanço a cabeça e ela parece mais satisfeita. Ficamos encarando o teto por algum tempo, e então resolvo perguntar.

— Eu queria entender o que aconteceu entre ele e o Gustavo — começo como quem não quer nada. — Você sabe?

Manu permanece em silêncio. Chego a pensar que talvez ela não tenha me escutado ou que resolveu ignorar a pergunta, até que se senta no colchão me encarando.

— O Gustavo me contou, naquele dia que eles quase brigaram lá na república.

Eu também fico sentada na cama e me recosto na parede, trazendo os joelhos para perto, abraçando-os. Não falo nada, apenas aguardo Manu continuar.

— O Artur e o irmão do Gustavo, o Gabriel, eram muito amigos. Estudaram juntos no ensino médio e tudo. Na verdade, foram muito amigos até o ano passado. — Manu dá uma pausa e encara o chão, incerta se deveria continuar. Respira fundo e volta a olhar para mim. — Enfim, Gabriel contou para o Artur que é gay e ele pirou.

— Eu nem sabia que o Gustavo tinha um irmão — observo.

— Pode não parecer, mas o Gustavo é uma das pessoas mais reservadas que eu conheço — Manu explica. — O irmão dele trancou o curso de Publicidade no ano passado, logo depois do que aconteceu. Era da minha turma. Por isso que abriu uma vaga na república pra você.

— O que aconteceu? — Lembro-me da lista daquela página na internet e em como eu pensei em sair da faculdade também.

— Na época eu não sabia o motivo verdadeiro... — Ela franze as sobrancelhas. — Parece que quando o Artur soube que ele era gay, se afastou e não soube lidar muito bem. Gabriel ainda não se sentia confortável para revelar sua orientação sexual, sabe? O que é total direito dele. E, por causa do Artur, a família ficou sabendo e foi a maior confusão! Os pais não aceitaram muito bem e disseram que ele não era mais bem-vindo em casa.

— Nossa! Mas isso é horrível! Eu não entendo como pais podem renegar os próprios filhos só por causa disso. — Estou estarrecida.

Não tenho certeza de que forma meus pais reagiriam se o meu irmão ou eu fôssemos gays, mas poderia apostar que não nos abandonariam.

— Pois é. Comigo aconteceu algo parecido — Manu confessa, agora mais vulnerável. — Quando contei para minha mãe que era bissexual, ela até tentou levar na boa. Fazer a mãe descolada que aceita. Mas nunca mais foi a mesma. — Ela dá de ombros, assumindo a máscara de indiferença novamente.

— Foi por isso que... — começo.

— Provavelmente — ela responde antes que eu termine. — Ela não vai assumir que foi por causa disso que foi viajar, para me evitar, mas eu tenho quase certeza de que sim.

Ainda estou de boca aberta, chocada com tudo que estou escutando.

— Além de a família abandonar o Gabriel, a maneira como ficaram sabendo foi ainda pior. — Ela respira fundo e olha para mim. — Em uma dessas festas que acontece todo semestre, liberadas para todos os cursos, rolou uma confusão no banheiro masculino. Até hoje o próprio Gabriel não contou para o Gustavo o que aconteceu de verdade. Tudo que ele sabe é que por algum motivo o Artur começou a xingá-lo de todas as formas possíveis dentro do banheiro, dizendo que ele estava assediando e pra parar de ser *bichinha*. O problema é que não estavam apenas os dois no banheiro, né? Então outros caras ouviram e partiram pra cima do Gabriel. — Manu faz uma pausa, engolindo em seco, e respirando fundo para não chorar. — O Artur saiu fora e ninguém soube que ele estava envolvido. Só o Gabriel e, mais tarde, o Gustavo. Mas se ele não tivesse começado, o Gabriel não teria apanhado. Sabe o que é mais revoltante? — Ela olha para as próprias mãos no colo e balança a cabeça, como se não acreditasse. — Ele foi embora. O Artur. O covarde foi embora e deixou o Gabriel lá, jogado no chão, sendo chutado por imbecis preconceituosos.

Manu olha pela janela. Percebo que está se segurando para não chorar. Eu não sou tão forte quanto ela, pois lágrimas silenciosas se formam nos meus olhos e não consigo contê-las.

— O Gabriel é uma pessoa tão boa que pediu ao Gustavo que não acertasse as contas com o Artur. Disse que não valeria a pena. Que seria mais uma vida perdida por alguém que não vale nada.

— Eu estou enjoada por ter saído com esse cara...

— Antes eu só não gostava dele porque era amigo do Cauê, mas depois do que o Gustavo me contou... É a dupla que o Gustavo mais detesta, mas com quem é obrigado a conviver.

— Eles também brigaram? O Gustavo e o Cauê?

— Eles não brigam. Na verdade, sempre se tratam de uma forma falsamente amigável. Todo mundo nota.

— Eu me lembro deles naquela primeira festa. Eles às vezes parecem que vão se atacar a qualquer momento, mas mantêm um diálogo cauteloso. Até pensei em perguntar o motivo para o Gustavo, mas aconteceu tudo aquilo e não deu...

Manu apenas concorda com a cabeça e fica pensativa novamente.

— Você também não estava à vontade perto dele — relembro. — Rolou algo entre vocês dois?

Ela respira fundo e morde o lábio inferior.

— A gente teve um lance no ano passado — responde, e um sorriso irônico se forma. — O próprio Gustavo me alertou que o Cauê não era confiável, mas eu sou daquelas que quer ver pra crer, né? Parece que a gente é igual nisso. — Ela dá de ombros e começa a brincar com o bordado do lençol. — Era divertido ficar com ele.

Eu me pergunto se com o Cauê aconteceu a mesma coisa que rolou com o Rafa, mas depois me dou conta de que ela não sofreu depois daquele dia que entrou desesperada no meu quarto. Bem diferente do Cauê.

— Ele te traiu? — pergunto, sugerindo o único motivo que me vem à mente.

— Pior — responde.

Ela desvia o olhar do lençol e me encara com lágrimas nos olhos. Agora eu fico preocupada. A tristeza da Manu é diferente. Não é dramática como da última vez. Algo estava marcado nela, tão profundamente que chega a doer.

Não pergunto o motivo, apenas aguardo. Sei que ela vai me contar quando estiver preparada. Agora me parece insensível pressioná-la. A luz do farol de um carro invade o quarto, e eu observo ela se movimentar até desaparecer.

— Ele sempre insistia que eu bebesse mais — Manu volta a falar depois de enxugar as lágrimas. — E, bem, eu já não era mais caloura pra ficar impressionada com tudo que me diziam ou pediam que eu fizesse.

Logo me vem à cabeça o conselho que ela havia me dado na primeira vez que a gente saiu, antes da festa na casa do Cauê.

— Então ele insistia — continua. — Algumas vezes eu até passava do ponto mesmo e, quando isso acontecia, ele...

Ela cobre o rosto com as duas mãos e então respira fundo novamente.

— Eu não queria fazer sexo com ele. Não me sentia à vontade, porque ele era sempre tão bruto. — Uma expressão de nojo surge em seu rosto. — Então ele esperava que eu estivesse bêbada o bastante para tentar e ser mais fácil.

Fico chocada.

Nunca poderia imaginar que aquela garota tão segura de si teria passado por uma situação dessas. Agora tudo começava a fazer sentido. O medo e angústia dela quando o Cauê estava por perto e mesmo quando seu nome era mencionado. A preocupação por alguém se envolver com ele...

Eu engulo em seco. Manu nota minha expressão.

— Você não denunciou?

— Não tinha o que fazer...

— Mas...

— Alina, foi isso que eu quis na época — ela me interrompe. — Sabe o que acontece com as garotas como eu que falam que foram estupradas por um cara como ele? Vão dizer que eu merecia. Que eu deveria agradecer. Que se eu denunciasse, ia acabar com a vida promissora do herdeiro de um dos médicos mais famosos do estado. — Um sorriso irônico e assustador aparece no rosto de Manu. — Eu não tinha provas, Alina. Era a palavra dele contra a minha.

Balanço a cabeça tentando encontrar uma forma de fazê-la mudar de ideia.

— Mas, Manu... olha o que ele fez! Ele está solto, pode fazer isso com qualquer pessoa. — Estou revoltada, mas tento controlar o volume da minha voz para que a nossa conversa não ultrapasse as paredes finas da minha casa.

— Dizer isso pra mim não vai melhorar a minha situação — ela me diz com amargura.

Acho que fui longe demais.

— Desculpa, eu... — Meus ombros caem, me sinto derrotada.

— Eu gostaria de encontrar uma forma de poder ajudar sem sofrer ainda mais as consequências de algo de que eu fui a vítima, mas simplesmente não consigo.

É perturbador demais ver a Manu tão desarmada. A imagem simplesmente não faz sentido, não é normal, não consigo ver a minha amiga desse jeito, mas simplesmente não sei o que fazer para ajudá-la.

Como se lesse o meu pensamento, ela diz:

— Já faz tempo, Alina. Não há nada que possamos fazer quanto a isso.

Quero dizer para ela que há sim, que nós podemos fazer algo a respeito, mas eu não sei o que é estar no lugar dela. É angustiante demais não saber o que fazer.

— O que aconteceu depois? Você contou a mais alguém?

Ela apenas nega com a cabeça.

— Eu me afastei e ele logo se interessou por outra garota. O Cauê ainda faz essas brincadeiras chatas comigo, mas aprendi a ignorar. — Ela dá de ombros. — Além disso, não tive coragem de contar a ninguém. Só tentei de alguma forma alertar as pessoas da forma que eu pude. Lembra aquele dia que eu quis publicar alguma coisa na página de fofocas? — Confirmo com a cabeça, até hoje eu me pergunto o que ela escreveu. — Pensei muito se eu deveria relatar tudo, mas desisti, porque ele saberia que era eu. Então apenas escrevi um alerta para as meninas e falei de uma forma mais genérica sobre os abusos que estavam e estão rolando nessas festas.

— Foi você? Eu lembro que li sobre isso.

Ela confirma com a cabeça sem muito entusiasmo. Se a publicação dela fosse sobre qualquer outro tema, ela com certeza se mostraria mais animada para falar sobre aquilo.

— É por isso que fiquei incomodada quando você me contou que Artur é amigo do Cauê. Por um lado, ele parecia bem fofo, quando vocês se conheceram no bar e depois aquela coisa de tocar violão e tal. Mas por outro... tem muita coisa contra ele. Além de toda essa história com o Gabriel.

Ela tem toda a razão.

— Só toma cuidado, Alina — Manu avisa e, como se desse a conversa por encerrada, volta a se deitar no colchão, cobrindo-se com o lençol.

Eu permaneço sentada na cama, pensativa.

Pego o meu celular e releio a mensagem que Artur havia me enviado. Não penso duas vezes antes de deletá-la. Gostaria de ter uma forma de também excluir da minha vida todas as outras lembranças. Depois de algum tempo, a respiração de Manu fica mais calma e ritmada, deve ter pegado no sono finalmente. Passo a maior parte da noite acordada, divagando e tentando assimilar tudo que eu descobri essa noite. O que aconteceu com Manu e Gabriel, o Gustavo tentando me alertar...

Como as pessoas podem ser tão cruéis?

Sinto nojo só de lembrar que algum dia eu fui capaz de gostar de um cara como Artur.

O almoço de Páscoa é nostalgia pura. Meus avós maternos também nos visitam e não param de comentar sobre como estou diferente. Em meio a um "Pode me passar a salada?" e um "Que delícia essa lasanha, Miriam", minha avó solta:

— Você tá mudada, Alina...

Minha mãe, que está levando o garfo à boca, para no meio do caminho e me encara, mas eu desvio o olhar para a minha avó.

— Eu? — pergunto, nervosa porém sorrindo.

— Sim... — Ela levanta uma das sobrancelhas. — Parece mais adulta. Da última vez que nos vimos parecia um bicho do mato.

Continuo sorrindo e volto a me concentrar no prato.

— Acho que as responsabilidades deixaram a Alina mais confiante — minha mãe comenta. Não olho para ela, mas tenho certeza de que está me observando atentamente, como sempre fazia. É quase impossível esconder algo dela.

— Que bom — diz minha avó. — Eu tinha medo de ela ficar pra sempre naquele computador. — Então dá de ombros e volta a saborear a lasanha.

— Ah, mas se não fosse pela gente a Alina com certeza ficaria o tempo todo no computador. — O meu medo se concretiza e Manu resolve se meter.

Ela deixou para trás qualquer vestígio da nossa conversa de ontem e se comporta como se nada tivesse acontecido. Eu sorrio para Manu e tento transmitir uma mensagem de "olha bem o que você vai falar", e ela sorri de volta. Não tenho certeza se entendeu o recado ou acha que estou agradecendo.

— Na primeira semana de aula ela já queria passar o final de semana em casa em cima dos livros, acreditam? — Ela pergunta para todos na mesa.

Isso não é novidade para a minha família, então com certeza acreditam.

— Mas daí nós fomos para uma das festas mais legais... — Manu volta a falar enquanto corta um pedaço do churrasco que meu pai havia assado para o almoço.

Fico com medo de ela falar sobre o meu porre, então chuto a canela dela por baixo da mesa. Infelizmente, não calculei muito bem o chute, porque acabo atingindo o meu irmão, que havia feito de tudo para sentar ao lado da Manu.

— Ai! — Ele grita, o que faz com que todos se assustem e Manu finalmente pare de falar. — Que foi? Tá com medo de ela contar algum segredo, é? — Ele me encara de forma acusadora. O que esse garoto tem contra mim?

— Ai, garoto, se enxerga! — grito em resposta. — Já tenho dezoito anos e moro sozinha, não me importo com o que a Manu possa dizer.

Todos me encaram, assustados com a revolta. Eu nunca havia falado daquela forma, nem no auge da adolescência, quando todos os hormônios estavam à flor da pele. Basicamente nunca me impus. Então, se antes achavam que eu tinha mudado, agora têm certeza.

Minha mãe pigarreia para chamar a atenção.

— Acho que vou buscar mais suco.

É claro que isso não alivia a tensão, mas pelo menos silencia todo mundo. Manu olha para mim pedindo desculpas, mas eu a ignoro e volto a atenção para o prato. Ela bem que poderia ter ficado com a boca fechada.

No começo do semestre, ao me despedir dos meus pais, não fiquei tão triste quanto agora. Acho que a animação e a ansiedade para começar a faculdade me distraíram um pouco. O problema é que agora eu voltarei para o lugar que foi de excitante para estressante em poucas semanas, e ficarei longe da segurança da minha casa mais uma vez.

— Se cuida — pede meu pai quando o abraço.

— Pode deixar — respondo, contendo as lágrimas.

Sorrio para ele e então olho para minha mãe. Ela já está chorando, e isso faz com que as minhas próprias lágrimas caiam.

Droga.

— Ai, querida, eu vou sentir tanto a sua falta de novo. — Ela me abraça. — Fico com uma dor no coração só de te ver tão longe e não poder fazer nada caso algo aconteça.

— Eu também vou morrer de saudade, mãe.

Ela me encara e diz seriamente:

— Por favor, se cuida. Eu sei como é essa fase. Já fiz faculdade. — Ela sorri com cumplicidade. — Mas tome cuidado. Nem sempre o que parece divertido é o mais inteligente. Você é uma mulher agora e toma as próprias decisões, mas quando precisar de um conselho ou desabafar, é só me ligar.

Eu concordo com a cabeça e dou mais um abraço antes de caminhar em direção ao ônibus.

— Nossa casa está sempre aberta pra você também — minha mãe diz para Manu.

Manu sorri e agradece meus pais. Com certeza ela se divertiu bem mais que eu.

Encontramos nossos lugares e acenamos pela janela quando o ônibus entra em movimento. Meu pai abraça a minha mãe, que não para de chorar, e ambos retribuem o gesto.

Sentirei saudade, mas ali realmente não é mais o meu lugar. Eu preciso encarar a situação. Não vou deixar que as outras pessoas definam quem sou.

CAPÍTULO 20

O feriado foi o que eu precisava para voltar a me sentir bem. A companhia e segurança dos meus pais me incentivaram a sair daquele poço de tristeza. Amo meus pais, mas sei que minha vida mudou desde que entrei na faculdade. Esses dias me fizeram ver que, por mais que as coisas sejam mais fáceis por lá, minha vida agora é aqui e tenho amigos que precisam de mim e eu deles.

É por isso decido parar de pensar na lista de apelidos publicada no Facebook, aquilo não vai classificar quem eu sou, não tenho por que levar tão a sério.

Volto a me concentrar nos estudos e no meu grande objetivo: provar que eu sou capaz. Então, na segunda-feira após o feriado de Páscoa, volto a ser a Alina de antes daquela postagem, confiante e animada.

As garotas da minha turma notam a diferença. Luana me observa em silêncio, mas Julia não tem paciência.

— O que aconteceu com você? — Ela me pergunta durante o horário de almoço. — Tinha pó de felicidade no seu ovo de Páscoa?

Eu sorrio alegremente e encaro o gramado à frente, fechando um pouco os olhos por causa do sol. Julia, Luana e eu estamos sentadas no espaço livre da lateral do prédio de Engenharia.

Restam poucos dias para aproveitar aquele lugar. Afinal, já estamos no outono e logo a temperatura começará a baixar e a chuva chegará com tudo.

— Nada. Só parei de me importar com coisas pequenas.

— Já era hora — ela comenta e coloca um chiclete na boca.

O comentário me faz lembrar que passei mais de duas semanas naquele estado de tristeza e vergonha. Perdi muita coisa por causa de outras pessoas e, principalmente, parei de me envolver com o nosso projeto.

Sabrina se aproxima e senta ao lado de Luana.

— Vocês souberam das últimas fofocas? — Todas nós negamos. — Escutei, no banheiro, umas garotas comentando que na festa open bar do último sábado várias pessoas ficaram desacordadas. Tão falando que é por causa de uma droga esquisita chamada Suspiro.

— Suspiro? — Julia pergunta. — Tipo o doce?

Sabrina confirma com a cabeça.

— Sim, é um comprimido que dilui no líquido. Como acontece com o suspiro na boca.

— Você foi nessa festa? — pergunto, preocupada, para Luana.

— Não tem graça ir só com meu irmão. Vocês estavam fora, então preferi ficar estudando e jogando *League of Legends*. Minha mãe até falou que estava decepcionada por minha vida social não ter durado nem um semestre.

Damos risada. A mãe de Luana é daquelas que não entende como uma filha jovem prefere ficar jogando videogame a sair por aí e conhecer caras bonitos. Quando Luana começou a frequentar as festas da faculdade, ela pensou que um milagre tinha acontecido. Mas bastou que a filha ficasse um final de semana em casa para chegar à conclusão de que tudo estava perdido.

— Será que é verdade? — Julia retoma o assunto. — Sobre as drogas e essa galera desacordada? Às vezes pode ser só de bebida mesmo..

Sabrina nega.

— Elas também comentaram que os caras colocam nas bebidas das garotas pra... vocês sabem...

A garota começa a corar, e então concordamos com a cabeça, para evitar que ela exploda de vergonha.

Lembro o que Manu me contou durante o feriado, sobre as bebidas que o Cauê oferecia para ela e o que acabou acontecendo. Será que essa droga já estava rolando desde aquela época?

Suspiro.

O que foi que o Cauê disse para o Artur naquele dia da festa da mansão macabra? *"Acho que alguém vai suspirar hoje"*? Suspirar.

As coisas simplesmente começam a se ligar, e fico nervosa com a possibilidades de... Não é possível...

Será que o Artur teve coragem de colocar alguma coisa na minha bebida?

— As garotas disseram como são os efeitos da droga? — pergunto para Sabrina levemente aflita, o que chama a atenção de Luana.

— Só ouvi que é para deixar as garotas chapadas. Depende da quantidade usada. Provavelmente — ela me responde, incerta.

Aquele dia eu parecia leve demais e com o raciocínio lento, diferente de quando fiquei bêbada. Talvez ele não tenha me dado uma dose muito forte, e por isso não apaguei. Não posso acreditar!

— Já não basta aquela lista dos apelidos e o preconceito que somos obrigadas a enfrentar todos os dias? — explode Luana, interrompendo meus pensamentos. — Parece que todos os caras têm poder aqui dentro. A gente precisa fazer alguma coisa, nos unir de alguma forma!

Como dois irmãos podem ser tão diferentes? O que aconteceria se a Luana soubesse o que o querido irmão dela fez? O que pode estar fazendo... Queria encontrar uma forma de contar o que eu sei, mas seria impossível fazer isso sem envolver a Manu. Não acho que eu tenha esse direito.

— Poderíamos fazer um aplicativo para o projeto — Julia sugere e recebe nossa total atenção. — Alguma coisa que pudesse ajudar as garotas da universidade e, quem sabe, mais pra frente expandir para o restante do estado e do país.

— Genial! — elogia Luana.

Começo a pensar sobre isso: de que forma poderíamos ajudar essas garotas que estão sendo abusadas?

— Já sei! — dou um grito tão inesperado que as meninas se assustam. — Vocês conhecem aquele aplicativo de encontros? Que diz com quem você cruzou? — Luana e Julia confirmam, Sabrina me olha, confusa. — Poderíamos usar algo parecido pra ajudar as garotas que sofrem assédio. Funciona com GPS. A partir de um toque no aplicativo a pessoa pode anunciar onde está e quem sabe produzir algum conteúdo de áudio, texto ou vídeo pra que outra mulher que esteja próxima fique sabendo.

— Caramba, Alina! — Julia me encara em êxtase. — Essa ideia é sensacional! — Acho que nunca vi a garota tão empolgada e feliz com algo. — Eu vi um movimento na internet que funciona mais ou menos assim, o *Vamos juntas?*, vocês conhecem? — Quando negamos, ela explica. — É uma página no Facebook com depoimentos de mulheres que têm medo de andar na rua sozinhas, que não se sentem seguras até mesmo em ônibus. A ideia é que ao ver outra mulher precisando de ajuda, elas se unam. Isso é *sororidade*.

Sabrina, Luana e eu olhávamos encantadas enquanto Julia explicava o movimento e, neste momento, estamos felizes com a oportunidade de fazer a diferença. Consigo parar de pensar no que havia acontecido para então pensar em algo que podia *acontecer* e mudar o destino dessas garotas.

— A gente precisa ganhar o concurso! — Sabrina declara. — Esse aplicativo *precisa* virar realidade.

Concordamos. É mais que uma *necessidade da comunidade*, como pediu o professor, é questão de sobrevivência. Se como a Manu, a maioria das garotas tem medo de denunciar, um aplicativo desses seria o ideal para produzir as provas necessárias contra o agressor.

Luana oferece a casa novamente para que pudéssemos discutir a ideia e elaborar o projeto, mas eu tento fazê-la mudar de ideia. Nada seria mais contraditório do que discutir sobre o aplicativo na casa do Cauê. A irmã pode até achar que ele é uma boa pessoa, mas não conhece o seu pior lado. E enquanto eu não posso provar que ele não é o que ela pensa, preciso encontrar outra forma de evitá-lo.

Por fim, consigo convencê-las a nos reunirmos na república. Argumentei que Manu e Talita poderiam ajudar, por serem veteranas, conheciam melhor a dinâmica e poderiam dar depoimentos úteis. Pensando no bem maior, todas aceitaram, mas Luana ficou desconfiada. Ela já havia notado que eu estava diferente desde que a Sabrina contou sobre o Suspiro, será questão de tempo até que ela me pergunte o que está acontecendo.

Tenho certeza de que nunca vi os moradores da república tão concentrados em estudar. Ninguém tem uma festa para ir ou um convite para beber no bar. Chegou a época do semestre que ou você estuda ou toma bomba.

Durante toda a semana a casa se mantém em silêncio. As olheiras não são motivadas por bebedeiras, mas por noites viradas estudando, revisando ou fazendo algum trabalho.

Na madrugada de quarta-feira, vou até a cozinha para beber água depois de passar horas concentrada nas minhas anotações de História da Computação, quando vejo a Manu dormindo no tapete da sala. A caneca de café no chão aparentemente não foi suficiente para mantê-la acordada.

Faço barulho quando pego um copo no escorredor de pratos e xingo baixinho, torcendo para que eu não a tenha acordado.

— Amo como você é delicada — Manu resmunga.

— Desculpa.

— Eu teria que acordar de qualquer jeito. — Ela se senta no tapete encarando o notebook. O rosto amassado e o cabelo bagunçado — Você não quer terminar esse plano de marketing pra mim? — Manu me olha esperançosa.

Tomo alguns goles de água e sorrio.

— Acho que você não iria querer trocar pelos algoritmos que eu preciso escrever — respondo, e ela faz uma careta.

Obviamente ela prefere o plano de marketing. Manu se encosta nas almofadas, respirando fundo.

— Ainda bem que a Festa da Espuma é nesse final de semana, acho que não aguentaria tudo isso se não pudesse ficar bêbada logo.

Todo mundo está falando dessa festa, inclusive a galera da minha turma. O que só me dá ainda menos vontade de ir. Não sei o motivo, mas não fico mais empolgada com nenhuma festa desde que fiquei sabendo dos rumores da tal droga e sobre o estupro da Manu.

— Você vai, né? — Manu chama a minha atenção quando não falo nada.

Eu lavo o copo e volto a colocá-lo no escorredor.

Não entendo como ela conseguiu se acostumar a agir normalmente depois do que aconteceu. Beber, sair... até mesmo se envolver com alguém novamente. Eu fico enojada só de pensar em ficar com qualquer outro cara depois do que o Artur tentou fazer.

— Hum, provavelmente não — respondo sem interesse.

— Só faltava essa — ela fala um pouco mais alto do que deveria. Quando arregalo os olhos para silenciá-la antes que o pessoal acorde, Manu diminui o volume: — É a principal festa do semestre!

— Você sempre diz que a próxima festa é a melhor — rebato, levantando as sobrancelhas. — Isso não dá credibilidade.

— Mas todas são realmente imperdíveis — justifica. — Eu só recomendo festas boas, não tenho culpa se acontece uma a cada final de semana.

— Não tô a fim — insisto em recusar. — Fico enojada só de pensar que tem essa droga nas mãos dos caras e ninguém faz nada. Já pensei até em denunciar.

Manu me encara, expressiva, provavelmente medindo as palavras. Será que ela vai tentar me convencer a não fazer isso?

— Eu também já pensei nisso, sabe — declara. — Mas tenho medo de quem pode estar envolvido.

— Acho que se a pessoa está envolvida, tem mais é que pagar! — Minha voz sai com um pouco mais de raiva do que eu gostaria. — Só preciso de mais informações. Quem fornece ou quem distribui. Não dá pra simplesmente falar que rola uma droga na festa e eles conseguirem se safar. Se soubessem do Cauê, talvez já tivessem um ponto de partida. — Encaro Manu. Ela sabe ao que estou me referindo.

— Eu não posso falar nada, Alina — Manu insiste. — É muita coisa em jogo, e eu não sou nada perto do que ele representa. Primeiro descobrimos mais coisas, depois a gente pode denunciar. Ou então você dá um jeito de esse aplicativo ser implementado logo. — Manu pisca, mas tem um sorriso triste no rosto. Então volta a atenção para o notebook no colo e coloca os fones de ouvido.

Eu murmuro um boa-noite antes de subir as escadas, mas tenho certeza de que ela não consegue me ouvir.

O resto da semana é uma mistura de provas e comentários ansiosos sobre a Festa da Espuma. Aparentemente tem uma grande máquina que faz espuma durante toda a festa e as pessoas se divertem com isso. Não sei se é porque não estou com vontade de ir, mas continuo não entendendo a razão de querer afundar em um monte de bolhas e ficar com as roupas molhadas.

— Mas é open bar! — Talita tenta me convencer no sábado pela manhã. — Começa às cinco da tarde e vai até de madrugada.

São onze da manhã e estou completamente concentrada na minha caneca de café com leite, ela nem deve se lembrar de que eu não consigo raciocinar antes de tomar minha dose de cafeína.

— Ah, deixa — Manu diz. — A Alina ainda vai se arrepender de não ter ido depois de ver todo mundo comentando o quanto foi divertido.

Olho séria para as duas, tentando transmitir o quanto eu realmente não me importo. Elas só reviram os olhos e balançam a cabeça, como se eu fosse uma criança que não sabe o que está falando.

Termino de tomar o café com leite e já posso sentir que agora todos os meus sentidos estão finalmente despertos.

— Eu combinei com as meninas uma reunião hoje aqui — finalmente abro a boca para me defender. — Vamos elaborar o projeto do aplicativo. Temos pouco tempo para entregar a apresentação.

— Ok, isso é uma boa causa — Talita reconhece. — Mas bem que poderia fazer isso amanhã, hein?

Reviro os olhos, impaciente.

Dessa vez elas realmente não vão me ganhar por insistência. Gustavo chega na cozinha, e as duas me acusam de ser chata por não querer ir à festa.

— E daí? Se ela não quer, não quer, ué — ele responde e se senta ao lado de Talita. Depois rouba o último biscoito do pacote dela e recebe um tapa. — Cadê o Bernardo? Não vi o cara a semana inteira!

Eu também havia sentido falta de Bernardo, mas a princípio pensei que seria apenas um conflito de horários por causa das aulas e provas. Mas se o Gustavo também notou...

— Ele foi passar a semana no apartamento que divide com o amigo dele — Talita responde, decepcionada. — A viagem para a casa dos meus pais não foi muito boa, e ele pediu para ficar um tempo afastado.

Bernardo *pensar* em voltar para o apartamento que "dividia" com o amigo já seria uma coisa bem surpreendente. Precisaria acontecer algo bem significativo para isso sequer passar pela sua cabeça. Bernardo *voltar* de fato para o apartamento é quase uma calamidade pública. Alguma coisa muito grave aconteceu.

— Seus pais falaram alguma coisa? — pergunto, apavorada.

— Não... — Talita responde. — Na verdade foram bem mais gentis do que eu esperava. O problema foi durante a viagem mesmo. — Ela suspira, cansada, como se só a lembrança já fosse muito dolorosa. — Esperando o ônibus de volta na rodoviária, a gente estava brincando um com o outro, como sempre...

— Meu deus, vocês não poupam nem a rodoviária? — Manu pergunta.

Talita revira os olhos e se volta para encarar apenas Gustavo e eu. Ela não parece muito feliz em fazer piadas sobre o assunto.

— Ele começou a fazer cócegas e eu pedi pra parar. Brincando, é claro! Só que o segurança da rodoviária chegou perto da gente e disse pra ele para que me deixasse em paz, e caso continuasse a incomodar teria que expulsá-lo da rodoviária.

— O quê? — Manu pergunta, incrédula.

— E por que isso? Por ele ser negro? — pergunto.

Talita confirma levemente com a cabeça, mas desvia o olhar logo em seguida. O farelo dos biscoitos parece bem mais interessante de uma hora para a outra.

É por isso que nós ficamos em silêncio, sem saber ao certo o que falar. Provavelmente Manu e Gustavo estão pensando o mesmo: *o que diabos passa na cabeça de uma pessoa para fazer isso?*

Nunca conseguiria imaginar o que Bernardo sentiu naquele momento.

— Ele deve ter ficado arrasado... — Gustavo balança a cabeça, transtornado.

— A viagem até aqui foi péssima — desabafa Talita, triste. — Daí quando chegamos, ele só pegou algumas roupas e disse que passaria a semana no apartamento dele porque precisava pensar, mas que voltaria hoje pra irmos juntos à festa. — Ela dá um sorriso sem qualquer animação e coloca uma mecha de cabelo atrás da orelha. — Passei lá na quarta--feira e estava tudo bem entre nós, ele só está meio abatido mesmo.

Sorrimos para que ela voltasse a se animar, incertos sobre o que mais fazer. Mas não é necessário muito esforço. Bernardo aparece na porta da frente segurando duas bolsas.

— Sentiram minha falta? — Ele pergunta com um sorriso.

Talita sai correndo e pula no colo do namorado, fazendo com que ele deixe cair as sacolas para poder segurá-la. Ela o beija com urgência, como se precisasse sugar todo o ar do pulmão dele. Depois ela começa a dar tapas em seus ombros.

— Nunca. — Tapa. — Mais. — Tapa. — Faça. — Tapa. — Isso. — Tapa. — Comigo! — Tapa.

— Te amo, Talita! — É a única resposta que ele dá.

Sorrio para a cena fofa e, sem querer, desvio o olhar para Gustavo e percebo que ele está me observando. Sem sequer tentar disfarçar, ele simplesmente pisca e sorri para mim, deixando uma covinha aparecer no lado esquerdo do rosto.

Fico confusa e olho interrogativamente para ele, que só dá de ombros e volta a prestar atenção em Talita e Bernardo.

Quando me levanto para deixar a caneca na pia, percebo que Manu viu toda a cena. Encostada na geladeira, de braços cruzados, ela me encara com as sobrancelhas erguidas e um sorriso cúmplice no rosto.

— O que foi? — pergunto.

— Nada — responde ainda sorrindo, aperta a minha bochecha e sai em direção ao banheiro.

Deixando Gustavo e eu observando a cena constrangedora que Talita e Bernardo estavam protagonizando aos beijos. Eles teriam muito *papo* para colocar em dia depois desse tempo afastados. Mais do que nunca agradeço por meu quarto não ser ao lado do deles.

Manu, Talita e Bernardo pegam carona com algum conhecido e acabam saindo mais cedo. Fico tão empolgada com o silêncio que por um momento penso estar sozinha.

Vou até a cozinha e começo a prepará-la para quando as meninas chegarem. Deixo separado o número da pizzaria (afinal, não sou nenhuma Manu com dotes culinários e preciso recorrer à comida pronta), confiro se os refrigerantes estão na geladeira e trago meu material para a sala. As quatro não cabem no meu quarto minúsculo, sem condições.

Estou sentada no sofá com o notebook no colo, concentrada enquanto escrevo parte da justificativa do projeto, quando escuto passos na escada e pulo do sofá, quase deixando o computador cair no chão.

— O que você tá fazendo aqui? — pergunto, ainda com o coração quase saindo pela boca, para Gustavo, seminu, como sempre, que caminha tranquilamente até a cozinha e abre a geladeira.

— Desde que eu conferi na última vez, essa ainda é a minha casa — responde sarcasticamente, pegando um daqueles sucos estranhos que só ele gosta e virando-o na boca.

— Eu perguntei o que você tá fazendo aqui, e não na festa. — Aponto para a samba-canção que ele insiste em desfilar pela casa: — Imagino que você não vá assim.

Não que seja uma visão desagradável. Na verdade, estou adorando, mas fico preocupada porque a qualquer minuto as garotas podem chegar. A ideia de elas verem Gustavo sem roupa me deixa levemente incomodada.

Ok, não *levemente*, *muito* incomodada.

Meu deus, qual o problema dele com *roupas*?

Gustavo termina de beber o conteúdo da caixa de suco, sacode para ver se tem mais alguma coisa e joga na lixeira.

— Eu não vou — ele declara, caminha até a sala, procura o controle remoto da televisão e se deita no sofá.

Isso mesmo! No sofá!

Tento não mostrar qualquer reação ao fato de que tem um cara só de samba-canção deitado no sofá, com as mãos atrás da cabeça e o abdômen definido, praticamente fazendo a dança do acasalamento para me chamar tanta atenção. Ele só pode estar querendo me provocar...

— Você, Gustavo Sampaio, não vai a uma festa? E, principalmente, a festa que a Manu diz ser a maior do semestre?

— Todo final de semana ela diz que uma festa é melhor que a outra — ele quase repete o que eu mesma havia dito.

Se eu não estivesse tentando manter a expressão indiferente teria sorrido e falado: NÃO É?

— Mas por que eles não ficaram enchendo o seu saco pra ir à festa? Eles ficaram me torrando a semana inteira!

— Ah, eles não sabem que eu não vou. — Ele se anima com o próprio plano. — Nem precisei mentir! Simplesmente não me perguntaram...

Gustavo dá de ombros e volta a encarar a TV. Óbvio que nem deve ter passado pela cabeça dos três perguntar se o Gustavo ia a alguma festa, ele simplesmente vai a todas!

Ele está vasculhando o catálogo da Netflix e fingindo algum interesse misterioso pela tela, mas nem parece realmente prestar atenção.

— E por que você não foi? — Sei que pareço chata, mas estou realmente curiosa.

— Não estava a fim — responde. — Não tenho motivo pra ir.

Levanto as sobrancelhas. "Motivo", sei.

— A loira não vai? — A pergunta simplesmente sai pelos meus lábios sem que eu consiga impedir. Uma pontada de ciúme sempre resolve aparecer quando penso nos dois juntos.

Ele desvia a atenção da televisão e me olha, confuso.

— Que loira?

— Aquela da festa da mansão macabra que você trouxe várias vezes pra cá.

Alguém segura a minha língua solta?

— Ahhh... — Ele finalmente se lembra. — Nossa, eu não tô mais com a Bia há um bom tempo!

Bia. Ainda chama pelo apelido!

— E o Artur? — A pergunta veio como um raio e sem qualquer aviso.

Olho séria para Gustavo, ele não está mais brincando. Parou de encarar a televisão. Tenho quase certeza de que essa era a intenção dele desde o começo.

— Já morreu pra mim — respondo secamente.

— Que bom. — Ele assente.

— Só isso? — Fico surpresa. — Nada de "eu avisei"?

— Por que eu faria isso?

— Bom, porque você avisou.

— Bem, eu avisei. — Ele sorri, mas percebe que esse não é um assunto para piada, então rapidamente o sorriso se transforma em uma expressão preocupada. — Desculpe.

Não digo nada, apenas volto a atenção para o notebook, tentando focar nas letras, mas sem realmente entender o que está escrito.

— Alina — Gustavo me chama, mas continuo concentrada na tela —, eu quis proteger você. O tempo todo.

— Quis mesmo? — Agora eu sorrio, irônica. — Se realmente quisesse me proteger teria falado de uma vez o que o Artur tinha feito. Não deixaria eu me envolver.

Ele parece estudar o que vai dizer, quer escolher as palavras certas. É isso que o Gustavo faz, não diz a primeira coisa que vem à cabeça. Ele não gosta de magoar as pessoas. Pode dizer poucas palavras, mas todos sabemos que é exatamente o que ele quis dizer.

— Eu não poderia contar sobre uma história que não é minha. — Ele se refere ao irmão, mas não o menciona. — Não pensei que isso poderia ir tão longe. Na verdade, fiquei aliviado por não ter ido longe demais. Naquele dia da Mansão... — Ele senta no sofá, se aproximando um pouco mais de mim. — Eu morri de medo do que poderia acontecer com você. Quando percebi o seu estado e o sorriso do Artur...

Ele deixa a cabeça cair entre as mãos.

— Você não sabe o alívio que senti quando cheguei em casa e você estava aqui. — Ele olha para mim. — Eu não me perdoaria se algo pior tivesse acontecido.

— Você já sabia sobre o Suspiro?

— Desconfiava — admite. — Eles sabem como eu sou, têm medo de que eu acabe com a "brincadeira". Já tentei descobrir a fonte ou quem distribui, mas nada. — Gustavo respira fundo e se encosta no sofá. — É só por isso que continuei na Atlética durante esse semestre. Eu já estava pronto pra largar tudo, mas daí começaram os rumores e... bem, você apareceu.

— Eu?

Antes que ele pudesse responder, somos interrompidos pela campainha.

— Devem ser as meninas — aviso.

Ele faz um sinal positivo com a cabeça e diz que vai subir, mas antes de chegar no segundo andar para e me olha.

— A gente conversa depois?

Faço um gesto positivo. Ele concorda com a cabeça e desaparece. A campainha toca novamente.

Respiro fundo, abro a porta e vejo as três garotas.

— Achei que vocês nem viriam mais! — repreendo-as em tom de brincadeira, como se nada tivesse acontecido há um minuto.

Passamos a noite e o início da madrugada organizando todas as anotações que cada uma ficou responsável por fazer, e revisando várias vezes para ver se não tinha nenhum erro ou falha que poderia acabar com a esperança de colocar o projeto em prática.

— Pronto! — Termino a quinta revisão da documentação. — Acho que é isso.

Desvio o olhar da tela do notebook e nós quatro nos entreolhamos com um sorriso esperançoso no rosto. Tenho certeza de que somos capazes de ganhar.

— Eu nem estou me importando mais com a bolsa — Julia admite. — Só quero que o projeto vá pra frente e ajude o maior número de garotas possível.

Todas nós concordamos. O objetivo do projeto vale bem mais do que a bolsa de estudos e o reconhecimento.

— Sabem de uma coisa? Acho que deveríamos tentar de qualquer forma implementar o aplicativo, mesmo que a gente não ganhe o concurso.

— A Alina tá certa — Sabrina concorda. — Acho que eu posso falar com o meu pai. Ele está sempre procurando novas ideias criativas. Só o fato de eu mostrar que me importo com algo relacionado à área dele já deve deixá-lo radiante.

— É uma boa — observa Luana.

— É muito bom ter um plano b — diz Julia, que logo tenta mudar o foco das energias. — Mas vamos pensar positivo, ok? Temos muita chance de conseguir que o professor Antônio escolha o nosso trabalho! Ele corresponde a todos os pré-requisitos, e não tem nada parecido no mercado.

Eu queria não estar com as expectativas tão altas, mas é quase impossível. Vamos entregar o projeto na próxima segunda-feira e apenas na outra semana o resultado será divulgado. Sete dias de sofrimento e ansiedade.

— Ah, temos que ir! — Luana anuncia depois de conferir o horário no celular. — Não quero dirigir muito tarde.

Sabrina e Julia se levantam e recolhem as coisas. Luana fica responsável por imprimir o material e entregá-lo na coordenação do curso.

— Vai dar tudo certo — ela sussurra, tentando me tranquilizar ao me abraçar na despedida. — A gente vai pegar esses caras!

Faço um sinal positivo para ela e me despeço de Sabrina e Julia. Ainda não havia contado o que tinha acontecido comigo nem todas as suspeitas que eu tinha.

— A gente se vê na segunda-feira — Sabrina diz antes de entrar no carro de Luana.

No caminho até a porta de entrada da república, torço para que Gustavo esteja me esperando na sala, pronto para continuar a conversa de onde paramos. Não me importo de estar cansada. Durante o tempo todo em que as meninas estavam aqui, eu me pegava pensando no que ele quis dizer com o "eu apareci".

Infelizmente a sala está vazia. Olho com tristeza para a caixa de pizza vazia e o meu material espalhado pelo chão. Por causa do cansaço, organizo tudo lentamente, desligo a televisão e subo para o quarto logo em seguida.

Eu me pergunto por quanto tempo vou rolar na cama tentando dormir e pensando no Gustavo.

CAPÍTULO 21

No outro dia levanto bem-humorada, um contraste dos meus amigos e de todos os outros dias. É um milagre.

Depois de preparar um café reforçado e até cantar no meio de todo o processo, vejo Manu descendo as escadas cambaleando.

— Pare de cantar, por favor — implora baixinho, sentando na banqueta do balcão da cozinha.

Manu não consegue abrir os olhos. O cabelo está preso em um coque todo desarrumado, e a maquiagem da noite anterior não foi removida. Ela está um caos.

Sirvo uma caneca de café bem forte e coloco na sua frente. Manu balança a cabeça para mim, tenho quase certeza de que foi um agradecimento.

— E aí, a festa foi boa?

— Shiiiiu! — Ela estende um dedo no meu rosto. — Mais baixo! Eu acho que tem um DJ tocando um batidão na minha cabeça, ela não para de latejar. Então, se você puder falar um pouco mais baixo, vou agradecer eternamente.

Ela faz uma careta quando toma um gole do café, mas não reclama. Pelo menos Manu não está vomitando como Talita, no banheiro desde que acordei e, desde então, só consigo escutar uns gemidos de dor. Agradeço mentalmente por não ter ido, porque provavelmente seria eu conversando com a privada.

Estou louca para falar com a Manu sobre a minha conversa com Gustavo, mas sei que não é o momento. Então fico ansiosa para que a ressaca dela passe logo.

Não sou a única a acordar de bom humor. Gustavo desce as escadas rapidamente e dá bom-dia ao entrar na cozinha. Manu logo pragueja, amaldiçoando tanto bom humor logo cedo, e ameaça jogar nele a xícara de café que eu havia preparado.

— Isso tá parecendo um cenário de *The Walking Dead* — Gustavo sussurra para mim, e eu acho graça. — Tá a fim de ir almoçar fora?

Dou uma olhada em Manu que ainda permanece cabisbaixa, tentando proteger os olhos da luz, e ela apenas faz um gesto com as mãos me enxotando. Interpreto como um incentivo.

— Tá bom — respondo para Gustavo. — Vou subir pra trocar de roupa. — Indico os pedaços de pano que carinhosamente chamo de pijama.

Tento conter a animação até chegar ao segundo andar, mas é quase impossível. A vontade é simplesmente sair saltitando até a escada, então me esforço ao tentar substituir esse instinto por passos tranquilos e descompromissados. O que acaba acontecendo é uma mistura dos dois em uma espécie de marcha atlética.

Não olhei para trás para ver a reação do Gustavo. Apenas segui caminhando em direção ao quarto e me arrumei o mais rápido que eu pude.

O almoço, é claro, não tem nada de sofisticado. Vamos para o shopping próximo da universidade, que é praticamente frequentado apenas por estudantes. Como não temos restaurante universitário, as grandes redes de *fast foods* se dão bem.

Enquanto caminhamos algumas quadras até chegar, Gustavo me faz perguntas ingênuas sobre as aulas, como se tentasse desviar do assunto principal. Aquele que eu estou louca para retomar: a questão pendente de ontem.

— Então, os caras ainda tão implicando muito com vocês? — Ele pergunta depois de cumprimentar um dos alunos que morava ao lado da república.

— Sempre tem uma piadinha, mas acho que estamos lidando bem — respondo, dando de ombros. — Eles ficaram menos entusiasmados em perder tempo com a gente desde que o concurso foi proposto.

Ele assente e olha para a rua, protegendo os olhos da luz forte do sol que ainda dá as caras todos os dias, mesmo com a temperatura caindo consideravelmente durante o outono.

— Quero só ver a cara deles quando vocês ganharem esse concurso. — Gustavo sorri e me empurra levemente com o ombro direito, se divertindo ao imaginar a situação.

— Estou com medo de não dar certo — admito, receosa, e coloco as mãos no bolso da blusa de moletom.

Por mais que eu esteja confiante com o objetivo do projeto, nada me garante que uma empresa vá querer se envolver com um assunto desses.

— Ah, para com isso! — Gustavo tenta me animar. Ele me envolve com o braço direito e aperta um pouco. — Vocês são ótimas, e a ideia é muito boa. Os outros não têm chance.

Dou um sorriso tímido para Gustavo, mas sei que não passei muita confiança. O abraço dele me deixa um pouco atordoada e quase tropeço

195

sozinha. Antes que eu caia, ele me segura, mas não tira o braço dos meus ombros. Quando chegamos no shopping ele ainda está assim. O que faz com que pareça que somos muito mais do que amigos.

Algumas pessoas nos encaram, e eu me encolho de vergonha. Gustavo é bastante conhecido na faculdade, o que faz com que a nossa ceninha seja um prato cheio para os fofoqueiros de plantão. Ele cumprimenta várias pessoas durante o pequeno trajeto pelos corredores até a praça de alimentação e parece não estar nem aí, dando passos distraídos e sorrisos carinhosos.

Ok, isso está bem estranho.

— O que você quer comer? — pergunta, quando decide que já podemos nos separar.

— Acho que vou comer um PF — respondo baixinho, tentando escapar dos olhares curiosos.

— Ok, eu vou pegar uma massa lá do outro lado. — Ele indica o restaurante no extremo oposto, nem aí para todas as pessoas que observavam. — Você procura uma mesa depois?

Eu assinto, grata por finalmente nos separarmos. Não por causa do Gustavo, é claro, mas toda essa situação está me deixando desconfortável. Não consigo entender o que deu nele.

Depois de fazer o meu pedido, escolho a única mesa vaga ali perto e me sento, aguardando a senha. Como provavelmente iria demorar, já que a fila estava enorme, pego o celular e volto a jogar um joguinho viciante.

Apesar de a praça de alimentação estar bastante movimentada e barulhenta, consigo ouvir a conversa de um grupo de garotas ao lado. Não estava prestando atenção até um nome ser mencionado.

— Eu juro! — Uma garota ruiva diz. — Ela me disse que só lembrava que estava com o Artur no começo da festa e depois apagou! Só acordou em um canto escuro perto do muro do estacionamento, sem calcinha e com o vestido rasgado.

As outras meninas emitem um som de choque, mas não olho na direção delas.

— Mas você sabe como a Mari é, né? — A outra pergunta com

ironia. — Ela com certeza deve ter tomado um porre e nem lembra que deu pra um cara no estacionamento. É a cara dela.

— Nossa, Karen, que horror! — A terceira repreende. — Ela acordou sem calcinha!

— Ué, já perdi calcinha em uma transa casual, isso é o de menos.

— Nossa, você é inacreditável! — A que havia repreendido a amiga exclama decepcionada. — A Mari não vai denunciar?

— Ela tá com medo — a que havia contado tudo isso volta a falar. — Com medo desse exato julgamento da Karen. O que é a denúncia de uma caloura perto da palavra de um aluno da Medicina, tão prestigiado quanto o Artur, né?

Não consigo ouvir mais nada, pois as garotas param de falar com a aproximação de Gustavo. Certamente pensam que é amigo do Artur, assim como eu pensei. Quando olho para elas, as três me encaram com pena.

Mas elas não sabem que o Gustavo não é o Artur.

Nem de longe.

Como eu pude me enganar tanto? Poderia ter sido eu a garota do estacionamento. Puta que pariu! Eu fui para uma mansão macabra com ele, no meio do mato!

Não consigo entender como uma pessoa pode ter tantas máscaras... É claro que ele diria que sou diferente das outras, que sou *inacreditável*, essa é a fórmula. Que nojo!

Tenho vontade de vomitar só de lembrar que beijei esse cara, que deixei ele me tocar...

— O que foi? — Gustavo interrompe meus pensamentos, parecendo preocupado depois de colocar a bandeja na mesa. Devo estar com uma cara horrível, porque ele está tenso. — Alina?

Engulo em seco, mas antes que eu possa responder somos interrompidos pela última voz que eu gostaria de escutar. Uma que só piora a situação. Aquela que me dá calafrios.

— Olha só... — diz Cauê nas minhas costas. — Decidiu pra quem vai dar, Alina?

Cauê não faz questão de falar baixo, na verdade, parece bem contente em ter toda a atenção das mesas. Gustavo fica furioso, muito mais do que eu havia visto no dia que Artur apareceu na república. Ele olha para Cauê e depois para mim, balanço a cabeça para que ele não faça nada, então ele apenas respira fundo.

Cauê se aproxima e diz bem perto do meu ouvido:

— Saiba que eu também estou na fila, ok? Aposto que consigo fazer você gostar. Tá na hora de atualizar aquele adjetivo da lista, não é? Posso fazer isso com prazer.

Eu me levanto rapidamente e o encaro, furiosa.

— Alina... — Agora é Gustavo quem tenta me acalmar.

Cauê começa a rir e cruza os braços.

— Será que ela vai conseguir fazer você gostar da coisa, Gustavo? Porque você nunca pega ninguém quando tem oportunidade. — Ele semicerra os olhos. — Até hoje me pergunto se você não é igual ao seu irmão. Bichinha...

É o suficiente para o Gustavo explodir. Ele me afasta rapidamente e dá um soco em Cauê. O que faz com que um urro de satisfação se espalhe pela praça de alimentação diante do espetáculo. Os seguranças do shopping começam a correr em nossa direção, e tento deter Gustavo, que ameaça partir para cima de Cauê novamente.

— Não faça besteira — digo para Gustavo. — Não vale a pena.

— Nunca mais abra a boca pra falar do meu irmão — ele diz entre dentes, apontando para Cauê. — Um merdinha como você não tem o direito de dizer qualquer coisa!

Luana aparece correndo, deixa uma sacola de alguma das lojas do shopping cair no chão e se abaixa para ajudar o irmão que obviamente assumiu a postura de bom moço.

— O que aconteceu? — Ela pergunta para o Cauê e me encara procurando por uma resposta.

— Acho que o Gustavo tá estressado com as matérias da faculdade e resolveu descontar em mim — Cauê fala com a maior cara de pau.

— Você tá louco? — Luana encara um Gustavo fora de si.

— Luana... a culpa não é do Gustavo — tento defendê-lo. — O Cauê que...

— Você vai ficar do lado desse aí? — Ela me pergunta, horrorizada.

— Olha o que ele fez!

— Seu irmão não é nenhum santo!

— Não é ele que está distribuindo socos. — Ela me fuzila com o olhar. Uma mistura de raiva e decepção estampada no rosto.

Dois seguranças seguram Gustavo com rispidez e o puxam em direção à saída. Outro vai até Cauê e pergunta se precisa que chame a polícia. Cauê nega e diz que não pretende prestar queixa. Ele fala tudo de uma forma que todos começam a acreditar na sua inocência.

— Ele não é quem você pensa, Luana... — Tento mais uma vez, quase suplicando para que ela acredite em mim.

— Você que é bem diferente do que eu pensava — ela me diz com um tom de voz cortante.

Fico chocada. Ouvir aquelas palavras me machuca muito mais do que tudo que Artur fez. Nunca pensei que uma decepção de amizade poderia doer tanto. É claro que ela ficaria ao lado do irmão. Luana só conhece a parte boa dele. Se é que o Cauê tem uma.

Apenas balanço a cabeça e caminho para onde Gustavo foi levado. Não olho para trás para saber se Luana se arrependeu. Não quero ter certeza de que tudo que ela falou é verdade.

— Pelo menos o Cauê não quis prestar queixa por agressão — comento enquanto dou uma olhada na mão do Gustavo. Ele bateu com tanta força no rosto do outro que os nós dos dedos estão feridos. — Você é louco?

Estamos do lado de fora do shopping, encostados no capô de um carro qualquer. Os seguranças haviam colocado Gustavo para fora, e agora estamos aqui, transtornados com o que acabou de acontecer.

— É claro que ele não vai — Gustavo responde. — Ele tem medo de que eu possa ferrar com ele por causa dessas drogas.

— Você tem alguma forma de ferrar com ele? — pergunto, esperançosa.

Gustavo nega com a cabeça e cruza os braços, respirando fundo. O rosto dele está sombrio. Eu nunca o vi tão irritado assim.

— Eu tenho que arrumar um jeito... — Ele lamenta, chuta o pneu do carro e, irritado, encara a entrada do shopping.

Dois seguranças estão ali, de olho em nós. Tenho vontade de gritar que o criminoso está lá dentro, sob a proteção deles. É angustiante demais pensar que eu sei de todo esse horror, mas não posso fazer nada, não posso provar!

— Sobre o que ele falou... — Gustavo agora olha para mim. — A lista.

— Não quero falar sobre isso.

Gustavo apenas concorda com a cabeça e desvia o olhar. Ele volta a se escorar no carro, seu braço esquerdo tocando o meu. A mão procura a minha, mas elas não se entrelaçam, ficam apenas ligadas por um toque suave. É tão sutil que eu me pergunto se é real ou se a minha mente está criando toda essa situação que está quase me deixando sem ar.

Ele não olha para mim, e eu também não me mexo.

— Só quero que você saiba que não sou igual a eles.

— Eu sei.

É a única coisa de que eu tenho certeza neste momento.

CAPÍTULO 22

A Festa de Espuma era o que faltava para que as notícias do Suspiro se espalhassem para além da universidade. Cerca de dez garotas foram encontradas desacordadas e levadas para o hospital; a polícia foi chamada para averiguar o caso, que foi muito além de uma simples bebedeira, segundo os socorristas e, mais tarde, médicos.

Na página de fofocas da universidade, os depoimentos aumentam. Textos de pessoas revoltadas com o nível a que as festas haviam chegado, e outras zombando das vítimas. O pior de tudo é perceber que a maioria as culpa pelo que aconteceu, dizendo que, se beberam até cair, não tinham que reclamar de nada.

— Isso é um absurdo! — Manu explode depois de ler mais uma das publicações e seus comentários. Ela está irritadíssima, andando de um lado para o outro na cozinha. — O que essas pessoas têm na cabeça? Essas garotas foram visivelmente drogadas e sabe-se lá o que mais fizeram com elas! — Ela balança a cabeça, lamentando.

— E pensar que quem faz isso pode ser aquele cara que te trata como uma princesa — Talita comenta. — Eu li um depoimento na internet sobre uma garota que conseguiu escapar de um estupro organizado pelo próprio namorado! Ele queria embebedá-la para que ele e os amigos pudessem violentar a menina. — Ela estremece. — Como podem existir pessoas tão monstruosas no mundo?

— Espero que esse seu aplicativo ganhe o concurso, viu? — Manu aponta para mim, como se eu pudesse interferir na decisão. — Alguém precisa fazer alguma coisa. Ajudar essas mulheres... — Ela deve estar em um conflito muito grande, de alguma forma quer ajudar, mas sabe que não tem como fazer muita coisa sozinha. Passou muito tempo.

Lembro o que eu havia ouvido das garotas lá no shopping, antes que Cauê chegasse e toda aquela confusão começasse.

— Ouvi algumas meninas falando sobre o Artur. Que uma garota estava com ele na Festa da Espuma e depois acordou sem lembrar nada, no estacionamento, sem calcinha e com o vestido rasgado.

— Meu deus, como está essa menina? — Manu quer saber.

Eu nego com a cabeça. Não sei de nada.

— Caramba, poderia ser você! — Talita declara, também chocada ao se dar conta.

Eu assinto, triste. Já havia pensado nisso. Poderia ter acontecido algo muito pior do que ter parado em uma lista de apelidos de uma página anônima.

— Ela não vai denunciar? — Talita me pergunta. — Esse cara não pode ficar solto!

— Pelo que eu ouvi, a garota tem medo. Medo de que a palavra dela seja desvalorizada, que as pessoas façam piada, que digam que a culpa é dela. — Olho intensamente para Manu. A menina tem os mesmos motivos que a minha amiga para não ir até a polícia, mas será que esse é realmente o caminho?

— Malditos! — Manu esbraveja. — A gente precisa ter todas as provas do mundo para que acreditem na gente. — Ela dá um soco no sofá.

Manu fica pensativa, e nós ficamos em silêncio por um tempo.

— O pior é que nem consegui falar com a Luana — desabafo. — Ela não me atende e nem responde mensagens. Não vai acreditar no que eu contar do Cauê.

Talita me abraça ao perceber que estou sofrendo.

— Ela vai se arrepender quando descobrir a bosta que ela tem de irmão — Manu me consola.

— Não quero que ela perceba tarde demais. Sei que ela vai sofrer.

É isso que mais me corta o coração. Ela não vai se perdoar ao perceber que ficou do lado de um cara que está usando várias garotas e se divertindo com isso. Mesmo que esse cara seja seu irmão.

Posso dizer com certeza que nunca tive a sensação de que uma semana demorou tanto para passar. Desde que Luana entregou nosso projeto para a Coordenação de Engenharia da Computação e também parou de falar comigo, os segundos parecem cada vez mais lentos.

Na quinta-feira, dia clássico de ir para o bar, como Manu havia me avisado, resolvo acompanhar meus amigos de república. Eu preciso me distrair um pouco, parar de pensar na Luana e nesse projeto, conversar e ver pessoas diferentes.

Vamos cedo para conseguir uma mesa, e temos sorte de encontrar uma logo. Bem na entrada, ao lado do muro baixo que cercava todo o estabelecimento.

— Nem estou muito a fim de beber — avisa Manu ao se sentar. — Vim só porque preciso bater cartão.

Todos nós olhamos para ela, surpresos. Talita senta ao seu lado, guardando um lugar para Bernardo, que está no balcão pedindo bebidas, e Gustavo ao meu lado. Dessa vez não estranho a aproximação.

— Qual o seu problema? — Gustavo fica curioso. — Fez alguma promessa para não ficar em recuperação no final desse semestre?

— Bem que poderia, né? — exclama Manu, como se Gustavo tivesse lhe dado uma brilhante ideia. — Mas é só porque ainda tô meio enjoada de bebida desde a Festa da Espuma.

Ela olha de cara feia para os copos e uma garrafa de cerveja que Bernardo coloca sobre a mesa.

— Quem diria, hein? — diz Talita com as sobrancelhas levantadas.

Recuso quando Bernardo pergunta se deve me servir, e então observo o local, que fica mais cheio a cada minuto. Alguns rostos já são conhecidos de algumas festas a que fui ou são amigos da Manu e da Talita, outros são completamente estranhos. É bizarro a quantidade de pessoas que passa pela gente quando estamos na faculdade.

— Você quer que eu pegue uma Coca-Cola pra você? — Gustavo me pergunta ao perceber que não estou bebendo nada.

Eu assinto despretensiosamente e agradeço. Quando ele se dirige ao balcão, cumprimentando pessoas pelo caminho, eu desvio o olhar para a mesa. Manu, Talita e Bernardo estão me encarando.

— Quando é que vocês vão se pegar, hein? — indaga Manu, impaciente.

— O quê?

— Não se faz de tonta — ela me repreende. — É tão óbvio o que tá rolando. — Manu balança a cabeça e rouba o copo da Talita, dando um gole na cerveja logo em seguida. — Só falta a parte mais divertida!

Eu balanço a cabeça. Manu está ficando louca.

— Não é assim com a gente...

— Ah, conta outra! — Ela me interrompe. — Conheço Gustavo há anos e tenho certeza do que tô falando. Ele tá a fim de você desde o começo do semestre, mas só agora percebi que você também tá dando mole.

Observo Gustavo de costas enquanto espera o atendente do bar dar o troco. Sempre achei ele fofo, mas nunca imaginei que pudesse se interessar por mim. Quando Manu contou para minha mãe sobre Gustavo, achei que ela estava brincando. Não consegui levar a sério.

— Vê se não perde tempo — Manu avisa. — Ele é um amorzinho, mas não sei se espera pra sempre... Posso garantir que ele não tem nada a ver com o Artur.

Disso eu tenho certeza. Gustavo é diferente da maioria dos caras que eu conheci na faculdade e, obviamente, da maioria dos caras que eu conheci na vida. Gentil e atencioso, bonito e charmoso. Um belo combo, bom demais para se interessar por mim.

Os meus pensamentos são interrompidos por Gustavo com o refrigerante e Dani, a mesma garota que eu havia encontrado no bar em que conheci Artur, que acaba de chegar, dar um beijo na Manu e se sentar entre ela e mim.

Agora somos seis pessoas esmagadas ao redor de uma pequena mesa de bar.

— Desistiu da pausa no álcool? — Dani pergunta para Manu ao levar uma mecha do cabelo dela para trás da orelha.

— É mais forte do que eu! — Manu responde ao dar de ombros, ainda bebendo do copo da Talita.

O braço de Gustavo encosta no meu, e não consigo encarar como um simples toque. Depois de tudo que Manu disse, começo a interpretar de outra forma.

Olho para ele e recebo de volta uma encarada intensa. Ele sorri de lado, mostrando novamente a covinha e pisca. É o suficiente para me fazer virar geleia. Se apenas me olhando desse jeito eu fico dessa forma, imagina só como seria beijá-lo!

Nosso momento é interrompido por uma garota loira que passa por Gustavo. Eu a reconheço.

— Oi, Guto... — Ela cumprimenta com uma voz melosa.

Ele desvia o olhar para ver quem havia pronunciado seu nome. Quando percebe que é a Bia, apenas cumprimenta com a cabeça e sorri. Não da mesma forma que vinha sorrindo para mim, mas um sorriso neutro, do tipo que a gente dá quando quer ser educado.

Ela percebe que ele não deu qualquer abertura para começar uma conversa, então empina o nariz e segue atrás das amigas. Curiosamente, pareciam todas iguais.

Um sentimento de satisfação invade o meu peito e me faz sorrir. Tomo um gole da Coca-Cola para disfarçar, e volto a prestar atenção na conversa da mesa.

— As meninas deram depoimento, mas a reitoria tá tentando abafar, claro — Dani comenta. — Dizem que não tem nada a ver com eles porque tudo aconteceu fora do campus. Mas estão tentando acobertar porque parece que tem nome grande envolvido.

Todos se encaram, cúmplices. Sabemos quais nomes, só não temos provas.

Manu pede para que eu explique o aplicativo para Dani, que fica muito empolgada.

— Isso é fantástico, Alina! — Ela aperta a minha mão em apoio. — Precisa fazer acontecer!

— Pra isso, precisamos ganhar o concurso — lembro, um pouco mais realista.

— Tenho certeza de que vão ganhar, ainda mais com tudo isso que vem acontecendo.

— Não quero me aproveitar da situação — observo.

— Não é se aproveitar — Talita me conforta, sorrindo. — É fazer alguma coisa para mudar!

— Se precisar de alguma ajuda com burocracia pode contar com a gente — Bernardo declara, e Talita concorda.

— Não entendo de códigos ou da parte administrativa, mas posso ajudar no que precisar — diz Gustavo.

Sorrio para todos que me dão apoio. Acho que nunca me senti tão importante para um grupo, recebendo tanta atenção assim.

— Lembra quando você disse que queria ser útil? — Manu pergunta para mim, e eu confirmo. — Acho que chegou a hora. — Ela pisca e brinda meu copo de refrigerante com o copo de cerveja roubado de Talita.

—Ei! Se você vai voltar a beber, pelo menos arranje o próprio copo — Talita resmunga dando um tapa na mão da amiga.

Todo mundo ri. Parece que foi ontem que eu estava sentada na sala da república, tentando explicar para eles por que havia escolhido fazer Engenharia da Computação. De lá para cá tanta coisa aconteceu que nem parece que foi neste semestre.

Artur passa pela nossa mesa na entrada do bar, de mãos dadas com uma garota que me lembro de ter visto naquela mansão macabra. Uma das calouras da Medicina, que dançou comigo e Luana na festa.

Ele me encara intensamente e caminha até uma mesa já ocupada por pessoas vestidas de branco que estavam ali desde que havíamos chegado. Artur envolve a garota com os braços e beija seu pescoço, ela sorri envergonhada pelo momento de intimidade em público. Ele olha para mim só para ter certeza de que estou vendo, e sorri.

Desvio o olhar. Estou tensa demais. Será que eu deveria avisar a garota? Será que ela acreditaria?

— Quer ir embora? — Gustavo me pergunta em voz baixa, percebendo que estou incomodada.

Faço que não com a cabeça e aviso que vou ao banheiro. Artur não desgruda os olhos de mim. Me sinto invadida e não consigo mais lembrar por que um dia imaginei que seria legal ficar com ele.

Na porta do banheiro esbarro com Luana. O encontro é tão inesperado que tudo que eu planejava dizer para ela some da cabeça.

— Luana...

— Nem começa! — Ela me corta e tenta passar por mim, mas eu bloqueio o caminho.

— Luana, você precisa acreditar em mim — imploro. — O Cauê não é quem você pensa. Ele está envolvido com o Suspiro, assim como Artur. Você ouviu falar de tudo que aconteceu na Festa da Espuma?

Ela me encara com desdém, nada que eu fale vai fazê-la mudar de ideia.

— Será que o que você me contou do Artur é realmente verdade? — Ela joga a bomba em cima de mim. — Quem me garante, Alina?

Olho para ela, chocada demais para conseguir elaborar alguma defesa.

— Eu conheço o meu irmão há dezoito anos. E você... há uns três meses? — Luana se aproxima de mim. — Em quem você acha que vou acreditar?

Então vai embora, me deixando ali ainda pior do que pensei que poderia ficar. Ela não só não acredita que falo sobre o Cauê, como pensa que eu inventei a história com o Artur. Depois de tudo, achei que ela seria a última pessoa a duvidar.

CAPÍTULO 23

O restante da semana demora demais para passar. Cada vez que encontrávamos alguém da nossa sala era impossível não falarmos sobre qual seria o projeto escolhido.

Julia e Sabrina não entendiam por que Luana e eu estávamos afastadas, mas nenhuma das duas ousou perguntar. Apesar de estarmos brigadas, éramos profissionais.

Os rapazes de um dos grupos até tentaram tirar com a nossa cara, perguntando se havíamos desenvolvido um aplicativo de beleza ou, quem sabe, um calendário para nos lembrar da louça para lavar, mas não foi o suficiente para que ficássemos abaladas.

— Não tivemos essas ideias, mas como gostamos muito de vocês, vamos desenvolver um aplicativo com guia pra masturbação e um checklist pra marcar a pontuação, afinal, é o mais perto que vocês devem chegar do sexo, não é mesmo? — Julia chegou a responder quando não conseguiu mais se controlar.

Os próprios colegas do rapaz começaram a zoar com a cara dele, e, por mais que tivéssemos ficado satisfeitas, a repreendemos logo em seguida. Continua não valendo a pena perder tempo com esses idiotas.

Na segunda-feira, o dia do resultado, a sala está em silêncio absoluto quando o professor Antônio entra na sala acompanhado de uma das mulheres mais impressionantes que eu já vi. Ela é negra, imponente, muito bem-vestida e não devia ter mais do que trinta anos.

É visível a mudança de comportamento dos meus colegas enquanto ela caminha pela sala. Parece que não podem ver mulher que voltam a ser adolescentes. No mesmo instante, começam a trocar olhares e sorrisos maliciosos. A mulher finge não notar, mas sua expressão deixa claro que ela não tem tempo para qualquer tipo de gracinha.

— Bom dia, pessoal — cumprimenta o professor à frente da sala. — Essa é a senhorita Ana Paula Ruiz. A diretora executiva da Socializ, a startup que está patrocinando essa edição do nosso concurso.

Diretora executiva. Aquela mulher é a minha meta de vida. Jovem, inteligente e bem-sucedida. Sem contar todo o ar de superioridade que paira em torno de si. Observo minhas amigas e vejo que todas estão hipnotizadas.

— Bom dia, pessoal — ela repete o que o professor diz, mas é totalmente diferente. A voz dela é segura e imperativa. — Hoje nós vamos anunciar o projeto escolhido para ser financiado pela Socializ. — Seu olhar passeia por toda a sala, mas quando encontra o grupo de meninas, sua atenção se fixa por alguns segundos a mais. — Ficamos muito felizes com a qualidade da maioria dos documentos apresentados. É inegável o esforço de todos. Mas, como havia sido anunciado, só um será o escolhido.

Vários murmúrios e sussurros se espalham pela sala, e o professor Antônio precisa pigarrear para conquistar a atenção de todos novamente. Só agora percebo que ele trouxe um envelope tamanho ofício que não dá qualquer indício de qual foi o escolhido.

— Vou anunciar o objetivo resumido do projeto escolhido e logo em seguida o grupo responsável por ele — declara enquanto abre o envelope e tira de lá um encadernado. — Lembrando que a escolha foi feita por mim e pela senhorita Ana Paula, uma decisão unânime, e que nem precisou de muito tempo para ser tomada. — A sala começa a ficar impaciente, então o professor pigarreia novamente e encara a primeira folha do encadernado. — O objetivo do projeto escolhido é dar a oportunidade de pedir ajuda. Um aplicativo para dispositivos mobile para que mulheres possam denunciar assédios sofridos, principalmente na universidade, indicando local e data. Além disso, facilitar na produção de provas contra o abusador, permitindo que uma entrada audiovisual ou de texto seja feita e anexada ao pedido de ajuda imediatamente. — Quando termina de ler o resumo do objetivo do nosso projeto, o professor Antonio olha em nossa direção e sorri. — Gostaríamos de parabenizar Alina Medeiros, Julia Cardoso, Sabrina Alencar e Luana Campos.

Ana Paula sorri radiante, quebrando o gelo daquela cena imponente, e começa a bater palmas, obrigando que o resto da sala faça o mesmo.

A maioria dos alunos não faz questão de mostrar qualquer boa vontade com exceção de alguns poucos que sorriem, realmente empolgados com a ideia do aplicativo. Outros estão tão irritados que permanecem de braços cruzados, nos observando com desdém.

— Poderiam contar para a sala como tiveram essa ideia? — pergunta o professor Antônio.

Olhamos um pouco incertas uma para a outra. Por mais que tenhamos atingido o objetivo de vencer o concurso e mostrar que realmente somos capazes, enfrentar o resto da turma é uma tarefa totalmente diferente.

— Alina? — O professor me observa com expectativa.

Eu me levanto lentamente e todos os olhos estão em mim. Tusso, tentando disfarçar o nervosismo e respiro profundamente.

— Nós acompanhamos os relatos de assédio sofrido por estudantes da universidade ao longo das últimas semanas — digo em voz alta, com mais segurança do que eu imaginava. Encaro Luana, mas ela desvia o olhar. Deve estar em uma luta interna sobre o objetivo do nosso trabalho e o que pensa sobre mim. — É impossível ignorar esse problema como todos vêm fazendo. — Ana Paula assente para mim, incentivando para que eu continue. — Várias garotas sofrem abuso sexual todos os dias na nossa universidade, na nossa cidade, no nosso estado, no país, no mundo inteiro. E a maioria não denuncia e nem pede ajuda. — Olho um a um os meus colegas. Alguns ainda com a expressão indiferente, outros constrangidos e uns até mesmo concordando com a cabeça. — Sabem por quê? Porque a maioria vai ser culpada por vocês. Por nós. Porque, para a nossa sociedade, é normal assediar. Porque, se ela não quisesse, não sairia de roupa curta. Porque, se ela não quisesse, não andaria sozinha. Porque, se ela não quisesse, não estaria bebendo. Porque, se ela não quisesse, não estaria VIVENDO. — Começo a me emocionar. — Só queremos que elas possam pedir ajuda em um ambiente seguro, ter o suporte necessário.

Eu me sento logo em seguida, surpresa com a minha atitude ao proferir todas aquelas palavras. Não sabia que tinha força o suficiente. Os aplausos começam por Luana e aos poucos contagiam toda a sala. Eu a observo intensamente, mas além de bater palmas, ela não dá qualquer sinal de que tenha mudado de ideia.

Ana Paula nos dá seu cartão de visitas com os dados necessários para entrarmos em contato, e diz que nos espera no dia seguinte na sede da Socializ. O projeto começaria a ser colocado em prática imediatamente, e faríamos parte de todo o processo.

— Parabéns, garotas — ela diz por fim. — Vocês farão parte da revolução nessa universidade.

Todas nós assentimos. Ela sorri e se despede. Como em um passe de mágica, todo o clima da aula muda e o professor Antônio retoma o conteúdo da semana anterior.

Nosso grupo está orgulhoso da conquista, mas eu ainda estou preocupada com o que está passando pela cabeça de Luana. Será que ela me daria uma chance? Ou só acreditaria em mim quando fosse tarde demais?

— Deu pra quem pra ganhar esse concurso, hein, Alina? — Um garoto chamado Alisson me pergunta no final da aula. Ele é um dos rapazes que não ficaram nada contentes com o fato do único grupo de garotas ter sido o vitorioso.

Eu ignoro a pergunta e guardo o notebook dentro da bolsa.

— O professor Antônio? Algum cara da Socializ? — Ele continua a me provocar. — Hum, acho que não. Você não é bonita o bastante pra impressionar algum empresário. — Ele pensa consigo mesmo, segurando o queixo. — Bom, a não ser que ele goste de uma ninfeta.

— Qual o seu problema? — Eu pergunto, irritada, cansada demais de tanta provocação. — Não suporta ser inferior a uma mulher? Se tivesse realmente se preocupado em ser o melhor, não perderia tempo tentando me ofender.

— Não adianta tentar ser o melhor se alguém consegue o prêmio abrindo as pernas — ele rebate.

— Se o poder da vagina fosse tão grande como você diz, eu não precisaria propor um projeto contra assédio e abuso sexual — respondo e caminho em direção a saída, mas Alisson puxa o meu braço.

— Eu com certeza poderia provar desse poder e te animar um pouquinho — ele diz em um tom de voz baixo, tomando cuidado para que somente eu ouça.

Todas as pessoas já haviam saído da sala, e os corredores começavam a ficar vazios. Fico nervosa com a situação. Puxo o braço, e ele me dá uma risadinha em resposta.

— Vai se foder! — xingo e saio correndo.

Na saída do prédio acabo esbarrando na última pessoa que eu esperava encontrar: Gustavo.

— O que você tá fazendo na Engenharia? — pergunto, ofegante.

— Eu estava esperando por você ali fora, mas como não apareceu entrei pra procurar. Estou curioso para saber o resultado!

Gustavo deve ter acabado de sair da aula porque está todo de branco e traz pendurado nos ombros um jaleco, além da mochila.

— Aconteceu alguma coisa? — Ele me pergunta ao notar a tensão.

— Não... — minto e logo troco de assunto. — Ganhamos. O projeto vai ser implementado!

Dou um sorriso forçado, mas Gustavo fica feliz demais para notar. Ele me abraça pela cintura e me levanta no ar. Eu me agarro ao seu pescoço com medo de cair, e dou uns gritinhos bobos como reação automática.

— Sabia que vocês iam conseguir! — Ele me diz, bem próximo, ainda me sustentando no ar. — Eu tô muito orgulhoso.

Eu sorrio, dessa vez de verdade. Animada por ele estar realmente feliz. Uma felicidade sincera. De alguém que é verdadeiro o tempo todo. Alguém que se preocupa comigo.

O sorriso de Gustavo começa a se desfazer e ele desvia o olhar para a minha boca. Acho que ambos estamos pensando a mesma coisa.

Meu coração está acelerado e tenho certeza de que ele pode ouvir e sentir, afinal, meu peito está apertado contra o dele. Nós dois respiramos com um pouco de dificuldade, e aos poucos ele vai me levando de volta ao chão. Em nenhum momento paramos de nos encarar.

O zelador do prédio se aproxima e interrompe o estado de torpor.

— Vocês vão ficar ou sair? Preciso fechar essa porta durante o almoço.

— Nós já vamos — Gustavo avisa para o zelador e então pega a minha mão e me conduz para fora do prédio, em direção ao estacionamento da universidade.

Quem vê de fora provavelmente pensa que está rolando alguma coisa entre a gente. Gustavo age com tanta naturalidade que é impossível não me deixar levar. Parece fácil demais, como se não precisássemos de esforço algum para agir assim.

CAPÍTULO 24

Durante um mês nós frequentamos a sede da Socializ todos os dias. O que provavelmente me ajudou a não pensar mais em Gustavo. Desde aquele dia na porta do prédio de Engenharia, que eu imaginei ser um quase beijo, nunca mais tivemos um momento parecido. O que só alimenta a minha teoria de que o pessoal estava totalmente errado, principalmente a Manu, que continua fazendo piadinhas.

— Gustavo me trata como irmã — rebati quando ela tentou falar sobre isso pela milésima vez.

— Ah, tá bom! E eu sou virgem — ironizou. — Não sei o que tá rolando, mas tenho certeza de que não é só amizade.

Eu decidi que seria muito melhor me dedicar ao projeto do que pensar nas frustrações de começar a gostar do Gustavo e não ser correspondida. Vimos a equipe de projetos pegar nossa proposta e transformar em um documento ainda mais completo, com funcionalidades novas e possibilidades de atualização. Os programadores que fazem parte do setor de desenvolvimento nos auxiliaram e mostraram de que forma transformavam instruções simples e bem explicadas em linhas de códigos complexas.

A equipe da Socializ, e principalmente a Ana Paula, estavam preocupadas em implementar o mais rápido possível. Por isso, ao final de quatro semanas, o aplicativo já estava sendo testado e praticamente pronto para ser submetido à análise das lojas dos sistemas de celulares.

— Fico feliz que vamos conseguir disponibilizar o aplicativo para o público ainda neste semestre — ela diz no começo de junho. — Obrigada por tudo, garotas. Vocês foram excelentes.

Sorrimos, orgulhosas. Ostentávamos nossos crachás de estagiárias e aos poucos imitávamos a postura confiante da Ana Paula. A Socializ acabou oferecendo quatro bolsas de estudos além das duas que havia prometido, com a condição de que continuássemos a trabalhar para eles na parte de inovação e projetos. É claro que Julia e eu aceitamos imediatamente. Luana ficou em dúvida e pediu até o final do semestre para responder. Ela continuava em silêncio quando eu estava envolvida em alguma conversa que não fosse trabalho, então não faço ideia de como anda sua vida. Sabrina não aceitou a bolsa de estudos e muito menos o estágio. Seu pai não suportaria a ideia da própria filha, que já não gostava da ideia de ser herdeira de uma empresa de tecnologia, resolver trabalhar para a concorrente.

As semanas seguintes de junho seriam mais tranquilas em relação ao projeto, mas a reta final do semestre começaria. Provas e trabalhos intermináveis. Eu estava tão ocupada nas últimas semanas que nem coloquei a cara na rua, além da faculdade e da Socializ. Por isso Manu exigiu que eu pelo menos desse mais uma chance para uma festa. Uma única festa antes que o horror do final do semestre chegasse como os cavaleiros do Apocalipse.

— Tudo bem — respondi, cansada depois de ela insistir pela quinta vez. — Eu vou.

— Ufa! Dessa vez você foi difícil.

— Eu só aceitei porque estou cansada de aturar você.

— Ué, serve. — Ela dá de ombros.

A festa seria em duas semanas. Na mesma semana em que o aplicativo será disponibilizado para download. Por mais que eu implorasse para que nenhuma mulher mais sofresse por causa do Suspiro e caras mal-intencionados, eu esperava que o aplicativo fosse útil caso o pior acontecesse.

Depois das denúncias que não deram em nada, além de constrangimento para as vítimas e fofocas pela universidade, não ficamos sabendo de qualquer outro caso. O que, é claro, não impedia que as vítimas anteriores tivessem que lidar com os seus fantasmas sem que seus agressores pagassem por seus crimes.

A reitoria da Universidade de Pedra Azul conseguiu abafar todos os casos e tirar o seu da reta ao informar que os possíveis crimes não ocorreram na propriedade, sendo assim, não teriam controle e possibilidade de disponibilizar a segurança necessária.

É óbvio que não estão nem aí. Algumas pessoas chegaram a dizer que chamaram algumas vítimas e ofereceram dinheiro para que retirassem as queixas. O que também não foi confirmado, claro, mas, infelizmente algumas garotas desistiram do processo. É o que a cultura do estupro faz com a nossa sociedade, nos cala e nos tolhe os direitos.

A única atitude da reitoria foi espalhar cartazes educativos, com dicas que mais restringiam o poder de ir e vir das mulheres do que ensinavam os "pobres" homens que não controlam os instintos a serem pessoas sensatas.

Parece piada.

Na segunda semana de junho, quando finalmente o aplicativo foi disponibilizado gratuitamente para download, começamos a espalhar para as amigas e conhecidas. Em menos de um dia, quinhentos downloads são feitos. Na terça-feira, o número passa de mil. Até o final da semana mais de quatro mil pessoas tinham o aplicativo.

Em vez de se ligar a outros celulares de mulheres, o que poderia ser perigoso, segundo a Socializ, o aplicativo é conectado com a central de denúncia da polícia. Cada pedido de ajuda solicitado pelo celular vira um chamado e a polícia vai investigar, podendo pegar até mesmo em flagrante. O aplicativo continua produzindo arquivos de provas de áudio, vídeo ou foto, e pode ser aberto por um comando de emergência no celular.

Ficamos ansiosas com os números, mas apreensivas, com medo de que o aplicativo realmente seja usado. É triste demais pensar em um crime que ainda nem aconteceu. Mas que pode acometer qualquer uma de nós. Nenhuma mulher está segura...

O final de semana chega, e, com ele, a festa. É uma festa de Dia dos Namorados promovida por algum curso da universidade — nem me interessei em saber qual — em uma casa de shows famosa. A festa ficou tão grande que precisaram transferir da balada normal de todo o final de semana para o espaço maior ao lado.

Não é open bar como a maioria das festas universitárias, mas está bombando o suficiente para gerar expectativa pela universidade inteira.

Manu me obrigou a ir, mas me abandona na primeira oportunidade. Ela me avisa que vai com, a agora namorada, Dani, e Talita e Bernardo também aproveitariam a carona do táxi. Segundo ela, eu poderia muito bem ir com o Gustavo.

— Você tá forçando um clima que não existe — aviso.

— Ah, duvido muito — ela rebate de olho na tela do celular enquanto acompanha o táxi que havia pedido por um aplicativo.

— Se fosse pra acontecer alguma coisa já teria rolado — digo, um pouco decepcionada.

Depois daquela vez que o zelador nos interrompeu, nada mais significativo voltou a acontecer. Acabei me envolvendo com a Socializ, e ele, com as matérias da faculdade.

— Ai, querida, você quer, e ele quer. É só dar uns beijos e vocês não desgrudam nunca mais. — Ela corre até a janela da frente para conferir se o táxi havia chegado, e então vai até a escada. — Talita! Bernardo! O táxi chegou.

Eles descem rapidamente, e, antes que saiam apressados porta afora, Manu declara:

— Você merece, Alina. Vocês dois se merecem.

Então ela simplesmente fecha a porta e me deixa ali, sozinha e pensativa. Por que tem que ser tão difícil?

Gustavo desce a escada logo depois.

— Tá pronta?

Eu concordo com a cabeça e aliso o vestido, um pouco amassado porque eu já estava deitada no sofá esperando o horário fatídico.

— Essa sua animação tá contagiante — ele ironiza, e eu reviro os olhos.

— Tô indo só porque prometi pra Manu — falo sem me preocupar em impressionar. — Se eu pudesse, ficava em casa assistindo a um filme.

Suspiro e cruzo os braços, esperando por alguma reação do Gustavo. Ele me observa, pensativo, e depois olha para a televisão, o sofá e a roupa que está vestindo.

— Tem certeza de que não quer ir? — Ele me pergunta, colocando as mãos nos bolsos da calça jeans e me encarando com a testa franzida.

Ele está ali, maravilhoso, e me olhando com expectativa. A minha vontade é dizer que não, não quero ir para festa, mas, sim, me jogar em seus braços.

— Tenho... — respondo baixinho e sorrio com timidez.

Gustavo entende o recado e também sorri, mostrando aquele buraquinho na bochecha mais que charmoso.

Não sei quem foi ao encontro de quem ou se nós dois tomamos essa decisão, mas, quando dou por mim, estou finalmente beijando Gustavo. Um desejo que eu nem sabia que sentia por ele me invade e fica cada vez mais forte quando suas mãos exploram o meu corpo.

Ele me pega no colo e leva até o sofá. Eu me agarro a sua nuca não com medo de cair, mas medo de que ele separe nossos corpos. Não posso me afastar agora. Nem que eu fosse obrigada.

Um gemido baixinho escapa da minha boca quando ele começa a beijar o meu pescoço. Tarde demais para parar, esse gesto é perigoso e irreversível. Eu mordo os lábios quando as mãos dele passam pela minha coxa em direção ao meu quadril. Quando abro os olhos, percebo que ele me observa o tempo todo e fica ainda mais excitado ao ver que eu correspondo aos seus movimentos.

Gustavo sorri e volta a me beijar intensamente, mas interrompe novamente para sussurrar no meu ouvido:

— Acho que vai ser tarde demais se continuarmos a fazer isso aqui.

Eu concordo com a cabeça, um pouco anestesiada e levemente tonta. O desejo é urgente e não consigo esperar mais nenhum segundo. Saio do seu colo e começo a conduzi-lo para a escada. Quando chegamos no segundo andar, ele me puxa para junto do corpo e sorri.

— A minha cama é maior.

Acordo com barulho de gargalhadas. Estou nua na cama do Gustavo, que mantém os braços enroscados no meu corpo. Ele percebe meu movimento e, ainda meio dormindo, me beija no rosto e se aconchega mais, deslizando os dedos levemente pela minha barriga, o que me faz estremecer.

— Adoro quando você fica assim — ele sussurra no meu ouvido.

Eu sorrio.

As gargalhadas viraram sussurros no corredor. Manu, Dani, Talita e Bernardo tentam não fazer barulho, mas é claro que é inútil.

— Ela não tá no quarto dela — Manu fala baixinho. — E o quarto dele tá fechado. Ou eles tão aí dentro, ou nem voltaram ainda.

Droga.

Confiro o horário no celular de Gustavo em cima da cama. Oito da manhã.

— De qualquer forma devem estar se divertindo — Talita observa.

— Finalmente! — comemora Manu.

Ao meu lado, Gustavo também deve ter ouvido toda a conversa, porque tenta conter uma risada.

— Shhh!

Isso só faz com que ele se divirta ainda mais com a situação, Gustavo aperta o abraço e dá beijinhos no meu pescoço, tentando me provocar.

Isso é muito injusto.

Assim que os barulhos no corredor cessaram, recolhi minhas coisas e fui direto para o quarto. Gustavo até tentou me fazer desistir, mas eu já sabia o que me esperava na mesa do café da manhã, ou do almoço...

É isso aí. Eu havia acabado de perder a virgindade de um jeito totalmente diferente do que esperava. Não, não sou o tipo de garota que ficou esperando por um momento perfeito, tendo sonhos e fazendo planos com o príncipe encantado... Realmente não ligava, quando fosse para acontecer, aconteceria. Bom, aconteceu.

Gustavo foi extremamente carinhoso e atencioso, me deixou o mais segura possível e perguntava o tempo todo se eu tinha certeza do que queria. Mas eu só faltei implorar de tanto que ele havia me provocado. Foi bem estranho senti-lo entrar no meu corpo, e, bom, é claro que doeu, mas não por muito tempo.

Acho que o momento mais constrangedor foi quando no auge do desespero eu perguntei se tinha camisinha e ele respondeu que sim. O meu alívio foi tão grande que o Gustavo quase começou a rir.

Por sermos amigos as coisas não foram muito estranhas; estávamos tão ansiosos um pelo outro. Não senti vergonha de tirar a roupa ou admitir que era virgem. Gustavo só fez questão de perguntar mais umas cem vezes se era realmente o que eu queria.

Eu queria e eu quero. Não vejo a hora de fazer de novo.

CAPÍTULO 25

Na segunda-feira, mesmo sendo o primeiro dia da maratona de provas e trabalhos finais do semestre, acordo como se fosse o primeiro dia de férias. Ignoro totalmente que está fazendo um frio congelante e que eu estou acordando cedo depois de dois dias maravilhosos no final de semana.

— Descobriu o meu segredo de acordar feliz, é? — Manu brinca quando me pega sorrindo para a caneca de café. — Sexo é revigorante, fica cada vez melhor!

— Ahhh, isso eu posso garantir! — Talita concorda, rindo. — Recomendo fazer logo de manhã, assim você acorda sempre de bom humor.

As duas com certeza fazem essa cena para que eu morra de vergonha. Fico constrangida, é claro, ainda mais porque Gustavo está a uma porta de distância, no banheiro. Com certeza deve estar escutando toda a conversa e, provavelmente, se divertindo também.

Mas eu não vou cair no joguinho.

— Sabem que vocês têm razão? — digo ao me levantar e caminhar em direção ao sofá para pegar a bolsa. — Vou fazer todos os dias, o dia todo, bem alto! — Olho para Manu e levanto as sobrancelhas sorrindo maliciosamente. — É mesmo revigorante!

Então saio pela porta e as deixo de queixo caído na cozinha, antes que tenham a oportunidade de dar qualquer resposta.

Está sendo difícil me concentrar na aula do professor Antônio, meu cérebro fica projetando imagens do último fim de semana e, bom, é difícil não me sentir envergonhada mesmo tendo noção de que ninguém pode saber o que se passa na minha cabeça. A minha felicidade não dura muito, pois fico sabendo que o que eu mais temia aconteceu, quando recebo uma mensagem da diretora da Socializ no chat sobre o aplicativo. Julia e Sabrina também leem a mensagem e me encaram, chocadas. Nenhuma de nós consegue falar qualquer coisa.

Ana Paula Ruiz [8:52]:

Uma garota solicitou ajuda pelo aplicativo na madrugada de sábado. A polícia recebeu o pedido, mas chegou tarde demais para pegar em flagrante. Ela já estava desacordada e com sinais visíveis de abuso sexual. Vão iniciar a investigação, mas, como sabem, o conteúdo é confidencial. Não tenho outras informações para dar, porém saibam que fizeram um ótimo trabalho. Vamos conseguir ajudar essas meninas.

O Suspiro voltou a ser usado sem qualquer medo! Mesmo com a repercussão nas mídias sociais e a grande quantidade de downloads nos primeiros dias, os abusadores não ficaram intimidados e subestimaram o aplicativo.

Luana não foi à aula e não sei se ela já sabe da notícia. Não nos falamos desde que o aplicativo foi lançado, e agora me pergunto onde ela está. Não quero falar sobre o projeto, mas desabafar sobre o quanto é cruel tudo que está acontecendo. Quero minha amiga de volta.

Passo o resto da aula de olho nas notícias. Não consigo me concentrar em mais nada. Queria poder consolar a garota que teve sua vida destruída por algum imbecil machista manipulador. Quero poder abraçá-la, ajudá-la de alguma forma, viajar no tempo e não permitir uma barbárie dessas.

Uma das notas divulgadas durante a manhã dizia que o celular da garota desaparecera. Provavelmente o abusador viu tarde demais que o aplicativo havia funcionado e resolveu se livrar da prova do crime. O que ele não sabia é que a prova não ficava apenas no celular da vítima: a polícia já havia recebido um vídeo gravado durante o ato, mas ainda não divulgara qualquer informação sobre o criminoso, e nem mesmo se um suspeito poderia ser identificado.

Tomara que dessa vez o culpado não saia impune.

De tarde quando volto para casa, encontro Luana me esperando encostada em seu carro, na frente da república. Ela está de braços cruzados e sua boca está reduzida a apenas uma linha fina. Não consigo ver seus olhos, pois estão escondidos atrás de óculos escuros.

Paro na sua frente, incerta se devo cumprimentá-la ou esperar que fale alguma coisa primeiro. Escolho a segunda opção.

— Você estava certa — ela diz em um tom neutro.

Fico confusa sobre o que está falando. Será que ela finalmente havia acreditado na minha versão sobre Cauê?

— Acabei de voltar da delegacia. — A voz dela fica um pouco embargada, acho que vai chorar. — Denunciei meu próprio irmão! — Ela olha para os pés e enxuga os olhos por baixo dos óculos. — Encontrei o

Suspiro no quarto dele ontem, logo depois fiquei sabendo do que aconteceu com a garota.

Ela respira fundo. Uau! Foi muito corajosa de denunciar o próprio irmão. Será que os pais já sabem? Não consigo imaginar o que é estar na pele dela.

— Desculpe por ter duvidado de você — ela sussurra.

— O que fez você mudar de ideia? — Tento ao máximo não soar acusadora.

— O Cauê ficou estranho desde aquela confusão no shopping. Nervoso. Eu comecei até a culpar vocês por isso. Mas... não sei, alguma coisa me dizia que eu precisava ter certeza... — Ela troca o peso de um pé para o outro e cruza os braços. — Eu nem sabia o que estava procurando quando entrei no quarto dele. Mas o idiota não fez nem questão de esconder. Estava na primeira gaveta do criado-mudo. Um pacote com comprimidos rosados. — Ela balança a cabeça e encara os pés. — Acredita que tem até o formato de um suspiro mesmo? Como se fossem pequenas gotinhas.

Eu engulo em seco e me aproximo, cautelosa. Quero abraçá-la, mas não tenho certeza se ela quer algum tipo de contato físico. Percebendo minha hesitação, Luana joga os braços ao meu redor e chora com vontade. Passamos alguns minutos abraçadas até ela se acalmar.

— Quer entrar? — pergunto, mas ela nega com a cabeça.

— Tenho que ir. Preciso estar em casa quando minha mãe descobrir que seu filho perfeito está sob custódia na delegacia. Vão recolher depoimentos, mas a quantidade de comprimido apreendida deve ser prova o suficiente. Nossa, parece um pesadelo!

Fico ainda mais triste ao pensar na reação da mãe de Luana. Espero que ela não se volte contra a própria filha, as duas já tinham problemas demais.

— Fico feliz que o aplicativo tenha funcionado — comenta Luana. — Mas não posso continuar aqui. — Eu a encaro sem entender, meu coração cada vez mais apertado. — Vou pedir transferência para algum outro estado. Talvez Paraná ou São Paulo. Muitas lembranças dolorosas, principalmente na minha casa. Ele é meu irmão, Ali! Um monstro! De alguma forma, me sinto culpada.

— Você não é culpada, Luana. Cauê é seu irmão, fazia sentido ficar relutante, não aceitar.

Ela balança a cabeça.

— Por mais que pudesse estar óbvio, não adianta... Nada vai mudar o destino dessas garotas. Foram vítimas e vão carregar para sempre a marca de terem sido vítimas.

Ela respira fundo, caminha até a porta do motorista e destrava o carro.

— Obrigada por sempre ter sido minha amiga, Alina.

Eu não consigo me conter e começo a chorar assim que Luana entra no carro. Ela faz um movimento se despedindo e depois acelera pela rua deserta.

As notícias se espalham como gripe. Cauê foi preso em flagrante pela posse da droga Suspiro. Uma grande quantidade foi apreendida em seu quarto. Não há provas contra ele sobre crimes sexuais, além de depoimentos e denúncias anônimas.

Artur também está sendo investigado. A menina que havia acordado no estacionamento, a que eu havia escutado no shopping, havia denunciado. Assim como ela, outras garotas passaram a fazer o mesmo.

O agressor registrado por meio do nosso aplicativo foi identificado. É um estudante do quinto semestre de Engenharia Civil chamado Jonas. Ele admitiu que comprou a droga oferecida por Cauê e também não tinha como negar que era ele no vídeo que foi gravado pelo aplicativo. Jonas até tentou interceptar o celular, mas o upload foi feito antes.

— A reitoria da Universidade Pedra Azul emitiu um notificado no qual lamenta que um episódio tão horrível esteja acontecendo com alunos da universidade, mas destaca que os crimes não foram cometidos no campus.

Manu, Talita, Julia, Sabrina e eu estamos na sala da república, assistindo ao principal jornal do estado transmitir as últimas notícias sobre os casos de abuso sexual na universidade.

— O que precisamos salientar é que as festas em que a droga foi amplamente distribuída e em que a maioria dos crimes ocorreu são publicamente apoiadas pelos cursos e frequentadas por 90% de alunos da universidade. A polícia está apenas começando as investigações e tenho certeza de que muitos agressores ainda serão identificados. Até mesmo listas com ofensas sexuais publicadas na internet envolvendo o nome de alunas foram anexadas ao caso; o delegado acredita que essa listagem possa ter relação com as vítimas e os crimes. Tão cedo os alunos não esquecerão os diversos abusos cometidos contra mulheres e acobertados por muitos. Não será fácil se manter longe da sombra desse crime. Voltamos com mais informações sobre o caso na próxima edição do jornal...

— Meu deus, eu amo essa jornalista! — Manu exclama depois de baixar o volume da televisão. — Ela tá acabando com esses merdas que tão querendo tirar o corpo fora!

— Eu ainda não estou acreditando nisso tudo — Talita desabafa. — Surreal demais!

— Pelo menos Cauê e Jonas foram expulsos — digo, levemente aliviada. — Espero que apodreçam na cadeia.

— Acho difícil — Julia responde com desdém. — Ricos não ficam na cadeia por muito tempo, se é que chegam a *entrar* nela, né? O Artur e outros dez alunos estão só afastados e sendo investigados. Quem garante que realmente vai acontecer alguma coisa?

Um arrepio toma conta do meu corpo dos pés à cabeça quando lembro que poderia ter acontecido algo muito pior ao me envolver com Artur.

— Muitas garotas estão mandando mensagens de apoio na página do aplicativo — conta Sabrina. — Algumas parabenizando a iniciativa e o fato de ele ter ajudado a começar a investigação do que vinha acontecendo aqui, outras agradecendo porque agora se sentem mais seguras.

Sorrimos. De certa forma, cada uma ali tinha contribuído um pouco ou muito para o projeto. Manu e Talita nos apoiaram desde o começo e incentivaram o tempo todo para que tivéssemos fé de que poderia funcionar. Julia e Sabrina foram minhas companheiras de criação. Só falta Luana.

Mesmo com toda essa tragédia eu me sinto feliz por ter ajudado de alguma forma. Por ter sido útil. Por conseguir fazer a diferença. Ao contrário do que somos educadas a pensar, as outras mulheres não são nossas inimigas, mas sim nossas irmãs. Um time. O exército que precisamos proteger. Se não protegermos e cuidarmos umas das outras, não serão os homens que o farão por nós.

Juntas somos muito mais fortes.

CAPÍTULO 26

Com o encerramento do semestre, aproveitamos para fazer uma despedida com pizza na noite do último dia de aula.

— Que semestre mais louco — Manu diz enquanto equilibra uma fatia de pizza nas mãos. — Parecia que nunca mais terminaria!

Todos assentem e ficam pensativos.

— Espero que nem todo semestre da faculdade seja assim — comento.

— Ah, não é — Gustavo garante. — O pessoal vai pegar mais leve no próximo, com certeza. Tá todo mundo meio desnorteado ainda. Eu tava pensando até em sair da Atlética. Já não é mais a minha praia.

— E quem vai ser o presidente? — Manu quase se afoga com uma mordida da pizza. — Tá todo mundo saindo!

— Não sei — Gustavo responde, dando de ombros. — Quero me dedicar aos estudos e ao futuro, não tenho tempo e nem energia pra cuidar da galera que só quer festa.

— Tem razão — Manu concorda. — Não entendo essa galera que só quer saber de balada.

Gustavo e eu nos encaramos. Se nós bem sabíamos, até semana passada Manu era exatamente essa pessoa. Quando levantamos a sobrancelha, ela se surpreende.

— O que foi? Eu mudei ok? — Ela levanta a cabeça, ultrajada. — Encontrei minha alma gêmea.

— Falando nisso, cadê a Dani? — pergunto.

— Tá cobrindo um turno no bar pra poder pegar folga amanhã — ela responde, triste.

— E a Talita e o Bernardo? — Gustavo lembra ao conferir o horário.

— Eles foram visitar alguns apartamentos — eu respondo. — Acho que a Talita encontrou algum legal entre a universidade e o estágio.

— Finalmente a gente vai se livrar desses dois melosos. — Gustavo estremece.

— Como é que é? — Talita aparece na porta com o namorado. Gustavo estava tomando um gole de cerveja e quase se afoga com o susto e a coincidência. — Aposto que já tá louco para tomar o nosso lugar com a Alina, hein?

Todo mundo ri com a cena. Talita e Bernardo se aproximam do balcão da cozinha e pegam uma fatia de pizza cada.

— E aí, como era o apartamento? — Manu quer saber.

— Perfeito! — Talita estica um dos braços para abraçar a amiga. Ela está empolgadíssima e acaba contagiando a todos. — Não é muito grande, e com certeza não vamos ter uma sala e cozinha como essas. — Ela indica todo o primeiro andar da república. — Mas vamos ter o nosso cantinho, né? Só pra ver no que vai dar...

— A Talita não quer deixar eu pedi-la em casamento, acreditam? — conta Bernardo, contrariado.

Ficamos em silêncio com a declaração.

— Viu só? — Talita se vira para ele. — Eles também sabem que é loucura. Para de apressar tudo, tá bom? Somos namorados que moram juntos e só. Nada de casamento.

Bernardo fica triste. Gustavo percebe e o envolve em um daqueles abraços que os caras dão, não muito próximo, não muito longe, só para mostrar apoio.

— Relaxa, cara. É a mesma coisa. É só um status.

— Mas é esse status que importa — responde.

— Tudo ao seu tempo — Gustavo consola.

Talita revira os olhos, mostrando que não está nem aí para o drama do namorado. Depois olha para mim e para o Gustavo.

— E vocês, quando vão assumir o namoro de verdade?

Arregalo os olhos em pânico. Gustavo e eu não conversamos muito sobre isso. Só pareceu natural que ficássemos juntos desde aquele Dia dos Namorados. Nunca falamos que somos namorados, só... somos. Não houve pedido nem nada. Para falar a verdade, nem sei o que a gente é.

— Ué, como assim assumir? — Gustavo pergunta, confuso. — Precisa colocar em um cartaz? Nós somos namorados, ué. — Então me abraça e dá um beijo carinhoso no meu rosto. — Não é, Ali?

Eu apenas confirmo com a cabeça e sorrio cheia de nervosismo para Gustavo. Talita com certeza sabe que para mim não era tão confirmado assim. Ela sorri se divertindo com o meu constrangimento.

— Só falta colocar no Facebook, então. — Ela levanta as sobrancelhas para ele e se vira para Manu. — Não é?

— Concordo — diz Manu.

Gustavo dá de ombros e pega o celular. Depois de alguns toques na tela ele faz um gesto para que eu confira o meu aparelho. Uma notificação do Facebook aparece e está lá um aviso para confirmar o relacionamento sério. Olho para Gustavo, e ele sorri em expectativa. Então confirmo a solicitação.

— Pronto — ele anuncia.

— Sua mãe vai adorar o rapaz — Manu cantarola para mim.

— Deixa só ela ver no Facebook. — Fico apreensiva. — Vai contar pra família inteira e perguntar por que eu não disse nada. — Olho para o meu *namorado*. — Viu só o que você me fez fazer?

Ele se desculpa silenciosamente.

— Isso vai ser divertido! — Manu diz e todos começam a rir.

— Ih, vamos ter que procurar alguém pro semestre que vem — Gustavo lembra. — Já que a Talita tá saindo.

— Adoro essa parte das entrevistas. — Manu se empolga e começa a planejar o que vai fazer dessa vez.

Reviro os olhos ao lembrar do que ela me fez passar naquela conversa ao telefone.

— Vê se não começa com essa coisa de República das Loucuras, de novo — Gustavo a repreende, e ela faz um biquinho.

— Isso é o mais divertido! — Ela rebate. — Se você quiser que eu cuide disso, vai ter que deixar eu fazer do meu jeito!

Gustavo suspira, balança a cabeça e olha para mim, esperançoso. Como se eu fosse assumir essa responsabilidade, até parece! Apenas nego com a cabeça, me livrando.

— Ah, tanto faz. — Gustavo admite a derrota. Ele prefere não ter que lidar com isso.

— Uhuuul! — Ela comemora. — Já vou começar a organizar tudo, já que provavelmente vou passar o mês de férias por aqui.

— Não vai visitar a sua família? — pergunto.

— Vou por alguns dias — ela responde sem muito entusiasmo. — Eles não ligam muito e eu também não faço questão. Acho que tá bom pra ambos os lados. Eles me ajudam a me manter aqui, e eu me comporto sendo uma boa filha bem longe de casa. É só não dar problemas como no ensino médio. Além disso, posso ficar com a Dani.

Manu dá de ombros como se nem ligasse para a situação com a família, mas eu noto que uma sombra de tristeza passa por seu rosto. Tenho certeza de que talvez não gostasse de tanto desprendimento assim.

— Você vai quando pra casa? — Ela me pergunta.

— Amanhã bem cedo — respondo com uma careta. Ainda preciso arrumar as coisas e estou morrendo de preguiça.

— Então acho bom a gente aproveitar esta noite. — Gustavo levanta a garrafa de cerveja. — É a última noite oficial que todos estão juntos.

Sorrimos e levantamos as nossas próprias garrafas para brindar.

Vou sentir muita falta de todos eles juntos de novo. Penso em Luana e no quanto eu gostaria que ela também estivesse aqui.

Gustavo percebe que estou um pouco mais pensativa, pois me envolve em um abraço apertado e beija o topo da minha cabeça. Olho para ele e sorrio. Ele sorri daquele jeito meio de lado que eu tanto gosto, e isso me enche de esperança.

— Alina, tá pronta? — Gustavo aparece na porta do meu quarto na manhã seguinte.

Finalmente terminei de arrumar todas as coisas para viajar.

— Já estou indo! — respondo sem tirar os olhos da tela do notebook.

Deixei apenas o notebook do lado de fora porque tinha uma coisa que eu gostaria de fazer antes de ir embora. Termino de digitar e clico em publicar.

— Prontinho — fecho a tela do notebook e sorrio para Gustavo.

— O que você estava fazendo?

— Nada de mais.

Ele levanta as sobrancelhas esperando que eu fale mais alguma coisa, mas eu ignoro. Coloco o notebook dentro da mochila, pego a mala e a arrasto até a porta do quarto. Envolvo meus braços no pescoço do meu namorado e fico assim pendurada, tentando alcançar o rosto dele e implorando por um beijo. Ele finalmente desmancha o rosto questionador e sorri de volta, me dá um beijo e anuncia:

— Deixa que eu levo a mala.

— Oh, que cavalheiro.

— Não, é só que você vai se matar pra descer essa escada mesmo.

Eu relembro a primeira vez que eu tive que subir essa escada com a mala.

— Nossa, é verdade.

Eu me despeço da Manu e da Dani, que finalmente está de folga, e então Gustavo me leva para a rodoviária. Ele me faz prometer que vou agendar um dia para que ele conheça meus pais e que vou falar com ele todos os dias.

— Vou sentir tanto a sua falta — ele diz antes que eu suba no ônibus. — É triste ter que ficar longe de você logo agora que estamos perto um do outro.

Eu concordo com a cabeça, e meus olhos se enchem de lágrimas. Ele me beija amorosamente, sem muita urgência ou desejo, envolvido em carinho.

— Vejo você no mês que vem — ele se despede.

— Mal posso esperar — respondo.

EPÍLOGO

#1057 Todos nós deveríamos aprender com tudo que aconteceu no semestre. As festas universitárias são incríveis para conhecer muita gente diferente e se divertir, não deveria ser lugar de assédio, abuso e violência. Se um não quer, dois não têm que fazer. Isso serve para qualquer pessoa. Ninguém tem que ser coagido a nada.

Eu vi muita gente culpando as meninas, as vítimas. Se a garota não quer, ela realmente NÃO QUER. Não é culpa da bebida, da roupa, de onde ela está ou porque ela tem algum problema. Acho que estamos todos grandinhos para entendermos o que é certo ou errado e nos respeitarmos.

Já vimos como as coisas podem chegar ao extremo. Não vamos passar por isso novamente, certo?

Só gostaria de desejar muita paz para todas as meninas que infelizmente passaram por tudo isso.

A todos, eu peço:

Pergunte-se antes de fazer qualquer coisa para outra pessoa: Eu faria isso com alguém de que eu gosto muito?

Publicado há 45 minutos

AGRADECIMENTOS

Tenho que admitir, esta é uma das minhas partes favoritas ao ler um livro. É neste breve texto que o autor indica todos os responsáveis por tê-lo ajudado a chegar até ali, e dá aquele suspiro sincero, pensando "*Uau, isso realmente aconteceu*". Pois imagine que é exatamente isso que eu acabei de fazer quando comecei a digitar essas palavras no meu notebook, encarando uma janela que tem a vista de um cemitério. Não que isso seja importante para o que vou dizer, mas pensei que seria inusitado comentar, e até poético.

Acho que todo leitor tem alguma coisa lá no fundo que sempre diz: "*E se fosse eu? E se eu criasse uma história e fizesse outras pessoas sentirem isso?*". Bom, sempre tive esse sentimento, mas para que ele fosse praticamente desenterrado e saísse de mim sem a insegurança de sempre, algumas pessoas tiveram que assumir essa tarefa, além de me dizerem: "*Calma, vai ficar tudo bem*". Agradeço a Gui Liaga, minha agente literária, por ter plantado a sementinha, regado, cuidado e várias vezes aparatado para falar: "*Miga, olha o deadline!*". Se hoje estou aqui, foi por sua causa. Provavelmente nunca conseguirei agradecer o suficiente o quanto você foi e é importante. Para completar a dupla dinâmica e mais especial do mundo editorial, Ana Lima, minha editora querida e que deposita tanta confiança em mim. Quem diria que aquela menina de 17 anos que se cadastrou no fórum da Galera Record, em 2008, para falar dos livros da Meg Cabot que tanto amava quase dez anos depois estaria publicando sua própria obra?! Vocês todos da editora são maravilhosos, obrigada por cuidarem tão bem de mim!

Meu muito obrigada ao meu melhor amigo e praticamente irmão, Felipe Luciano, que não mede esforços para me apoiar em qualquer loucura que eu resolva fazer. Aos retirantes, meus amigos, minha família, que podem não ser de sangue, mas que tenho um carinho incondicional: Bel, Bruno, Hugo, Pedro, Rafaela, Rafael, Guilherme, Augusto, Leonardo, João Pedro, Daniel, Juliana, Marcos e Matheus. Agradeço à Babi Dewet, Barbara Morais, Fernanda Nia, Dayse Dantas, Taissa Reis, Maya Moura, Lucas Rocha, Val Alves e Vitor Castrillo, que me ajudaram durante as crises quando eu achava que era o fim e nada daria certo. Vocês são sensacionais!

Aos autores J. K. Rowling, Scott Westerfeld, Suzanne Collins, Meg Cabot, Sarah Dessen e Jennifer Brown, que provavelmente nunca lerão esses agradecimentos, mas que fizeram parte da minha vida de leitora e são grandes inspirações.

Pai e Mãe, saibam que vocês são meus alicerces, aqueles que podem até discordar das minhas decisões, mas que apoiarão mesmo assim. Muito obrigada por tudo que vocês fizeram e continuam fazendo por mim, quero um dia ser capaz de recompensá-los. Amo muito vocês.

Meu irmão Roger, torço para que um dia você consiga ler o que estou escrevendo para você. Saiba que minha visão acabou de ficar embaçada por causa das lágrimas, que sempre surgem quando eu penso que você é a razão de tudo. Você sempre será o número um e a motivação por tudo que a mana tenta conquistar. Te amo demais!

Meus leitores queridos, obrigada por mais uma vez acreditarem em mim. Quando digo que sem vocês eu não teria chegado até aqui, falo da forma mais sincera e grata. Comecei compartilhando experiências de histórias de autores incríveis, hoje tento compartilhar um pouco de algo mais pessoal e especial, a história que criei. Espero que eu possa incentivar todos vocês que também têm esse sonho. Nunca desistam. Muito, muito, muito obrigada.

E, por último, preciso mencionar tantas histórias e mulheres que com seus tristes relatos me inspiraram. Quero mostrar meu apoio e carinho, pois quando resolvi abordar o tema desta história tive receio das reações e de cometer algum deslize, mas sabia que era o certo a se fazer. Eu posso apenas imaginar a dor de ser vítima de algum abuso sexual, então todo o meu amor e carinho a todas as mulheres fortes que enfrentam ou enfrentaram qualquer tipo de assédio, a coragem de vocês é inspiradora para mim e para muitas outras mulheres. Nós devemos nos apoiar, ter empatia e mostrar que a culpa nunca é da vítima. Somos guerreiras. E vocês não estão sozinhas.

Este livro foi composto nas fontes Adobe
Caslon Pro e Huxley Script e impresso em
papel offwhite no Sistema Cameron da
Divisão Gráfica da Distribuidora Record.